D1325847

Les orphelines d'Abbey Road

1. Le Diable Vert

Audren

Les orphelines d'Abbey Road

1. Le Diable Vert

l'école des loisirs
11, rue de Sèvres, Paris 6ᵉ

© 2012, l'école des loisirs, Paris
Loi n° 49 956 du 16 juillet 1949 sur les publications
destinées à la jeunesse

Cet ouvrage
a été achevé d'imprimer
sur Roto-Page
par l'Imprimerie Floch
à Mayenne en octobre 2012

Dépôt légal : octobre 2012
N° d'impression : 83342
ISBN 978-2-211-20987-8
Imprimé en France

À ceux qui me manquent

1

Comme chaque soir, Margarita Von Straten fut la dernière à rejoindre le dortoir. Elle avançait tel un spectre dans l'allée, perdue dans sa longue chemise de nuit blanche et brodée. À la tombée de la nuit, son corps n'existait plus. Le jour, elle aurait voulu qu'on ne le devine jamais. D'ailleurs, comme nous portions toutes de grandes jupes plissées et que Margarita était assez petite et menue, nous n'avions jamais aperçu ses jambes, ni même ses chevilles, tant elle nageait dans ses vêtements. Elle avait coiffé puis tressé ses cheveux blond vénitien, brossé ses dents, rangé sa trousse, plié ses habits. Elle avait pris son temps pour être la dernière dans la salle d'eau, là où s'alignaient des dizaines de cuvettes émaillées, ébréchées et des miroirs piqués, là où nous grelottions toutes chaque hiver.

Comme chaque soir, elle flotta jusqu'à son lit. Elle nous sourit et lança quelques «bonne nuit» à droite, à gauche. Certaines filles lui répondirent, les autres l'ignoraient, se hâtant de ranger leurs petites affaires avant l'arrivée de sœur Ethelred.

La nonne apparut dans sa robe grise. Jamais elle n'ôtait son voile austère. Nous supposions qu'elle dormait avec son uniforme. Mais il s'agissait juste d'une supposition puisque sa chambre, je devrais dire sa cellule, située à l'entrée du dortoir était toujours fermée à clef quand elle l'occupait. À vingt heures, lorsqu'elle pointait son grand nez dans le dortoir, nous devions nous agenouiller au bout de notre lit. Alors elle répétait toujours la même phrase avant d'éteindre les lumières :

– Remerciez Jésus pour cette bonne journée et n'oubliez pas Lady Bartropp, qui finance cet orphelinat et soutient généreusement notre abbaye. Sans elle, nous ne serions rien.

Généralement, d'une seule voix trop aiguë, nous ânonnions : « Merci Jésus ! Merci Lady Bartropp ! Amen ! » Mais ce soir Prudence, ma voisine, se mit debout avant que nous ayons pu répondre et demanda :

– Est-ce possible de n'être rien, sœur Ethelred ?

– Priez, Prudence ! Dieu apportera la réponse à toutes vos questions.

La sœur soupira bruyamment. Elle avait l'air de réfléchir à ce qu'elle venait de dire. Elle se ressaisit finalement, claqua dans ses mains et reprit :

— Allez, allez ! Remerciez toutes Jésus et n'oubliez pas qui vous savez.

— Merci Jésus ! Merci Lady Bartropp ! Amen ! brailla le chœur des orphelines.

— Bonne nuit mes filles ! Que Dieu vous bénisse ! conclut la sœur sèchement.

Elle abaissa le disjoncteur général situé sur une colonne porteuse de la voûte du dortoir. Je détestais le bruit sec que produisait la manette. Le bruit qui annonçait le noir trop noir et la nuit forcée que seule la lune, si elle brillait ce soir, pourrait peut-être égayer.

Sœur Ethelred ralluma brusquement. Je sursautai, mon cœur s'emballa. Mes réactions étaient ainsi toujours trop excessives. Un rien m'effrayait et me procurait alors une sorte de décharge électrique douloureuse sur le dos des mains.

— J'ai oublié de vous dire que vous vous lèverez une heure plus tôt demain matin. Vous passerez la visite médicale !

Margarita Von Straten poussa un petit cri effrayé. Dès que les lumières furent de nouveau éteintes, je l'entendis pleurer.

— Ça ne va pas, Margarita ? demandai-je tout bas.

— Je déteste les visites médicales, murmura-t-elle. Je n'irai pas.

– Comment veux-tu ne pas y aller ? Où que tu te caches, les sœurs te trouveront.

– Je m'échapperai, sanglota-t-elle.

Une vague de murmures s'abattit sur le dortoir. Toutes les filles réagissaient à cette déclaration plutôt inquiétante.

– Mais où veux-tu t'en aller ? m'inquiétai-je. Margarita, tu n'es pas sérieuse ? Nous n'avons aucune famille à l'extérieur.

– À l'intérieur non plus ! répondit-elle.

– Oui, mais ici nous avons de quoi manger et dormir et puis nous recevons une éducation, remarqua Line. Ce serait idiot d'abandonner tout ça juste pour éviter une visite médicale.

– Je déteste les visites médicales… je déteste… je ne veux pas… sanglota Margarita.

Il s'agissait en fait d'un autre problème. Nous étions toutes au courant. Margarita ne supportait pas l'idée que l'on voie son corps. Et, malheureusement, le médecin demandait chaque année aux pensionnaires de se mettre en petite tenue pour être auscultées et pesées.

L'an dernier, Margarita était encore plate mais, depuis l'été, son corps changeait si vite que cela l'effrayait. Elle m'avait déjà fait part de son inquiétude. Elle craignait que ses seins et ses poils ne s'arrêtent jamais de pousser. J'avais eu tort de rire parce qu'elle avait alors pleuré. Margarita était la plus âgée de nous toutes. Elle avait treize ans. La plus jeune n'avait que quelques mois mais elle dormait à la pouponnière avec quatre autres filles de moins de sept ans, l'âge de raison, prétendait-on, l'âge auquel nous changions brusquement de professeurs, de dortoir et d'habitudes.

Finalement, June, notre grande amie à toutes, s'assit à côté de Margarita pour la consoler. Elle lui parla si bas que nous ne pouvions rien comprendre. Les sanglots s'interrompirent et June retourna se coucher sur la pointe des pieds en tâtonnant le bout de chaque lit pour être sûre de retrouver le sien. Elle en profita pour nous chatouiller les pieds et je dus étouffer un petit cri de surprise.

Le lendemain, le bruit du disjoncteur me réveilla brutalement. Sœur Ethelred était déjà habillée (mais c'était sans doute normal si elle ne se déshabillait pas) et, à mon grand désespoir, elle débordait d'énergie. Elle nous ordonna de nous préparer rapidement et de rejoindre le réfectoire pour un petit déjeuner avant l'heure habituelle. Margarita ne bougeait pas. Je crus qu'elle avait entamé une sorte de grève de la visite médicale mais, lorsque je m'approchai de son lit situé en face du mien, de l'autre côté de l'allée, je m'aperçus qu'il était vide. Comme elle avait juste rabattu rapidement ses couvertures, je n'avais pu imaginer un instant qu'elle n'y était plus couchée. Nous n'étions pas autorisées à sortir de nos lits sans les faire immédiatement, au carré, sans pli et sans bosse. C'était l'une des lois du dortoir. Nous ne pouvions aussi parler qu'à voix basse, sinon nos conversations résonnaient dans la pièce immense. Il s'agissait à l'origine de la salle de bal du manoir d'Abbey Road. Cette demeure s'appelait en réalité «The Green Devil's Manor*», à cause d'une gargouille épouvantable qui accueillait les visiteurs au-dessus du perron. Mais lorsque Lady Bartropp avait offert cette demeure à la congrégation des Sœurs de la Joie qui résidaient dans l'abbaye voisine, ces dernières avaient évidemment préféré la rebaptiser du nom de la rue dans laquelle elle trônait depuis plus de trois siècles. Le diable n'avait pas sa place ici. Le nom du manoir avait eu beau changer, la gargouille du Diable Vert nous provoquait chaque jour. Le diable avait finalement sa place partout, au grand désespoir de sœur Alarice, notre mère supérieure, qui ne trouvait aucune solution pour faire disparaître cette sculpture maléfique imbriquée dans le fronton de l'édifice. Elle l'avait fait

* Le manoir du Diable Vert.

recouvrir de plâtre mais la pluie et l'humidité de la région avaient eu raison de ce camouflage et sœur Alarice avait appris à vivre avec ce Diable Vert dont le visage effrayant réapparaissait derrière le plâtre effrité. Avec le développement de l'orphelinat, le manoir était devenu une succursale de l'abbaye. Les allées et venues perpétuelles des nonnes sur l'immense pelouse qui séparait les deux bâtiments avaient fini par abîmer le gazon. Leurs pieds avaient tracé un chemin de terre entre les bâtisses.

Nous ne savions pas grand-chose de Lady Bartropp, sinon que sa famille était très influente dans le comté et que nous lui devions presque tout. Elle vivait sans mari, sans enfants, mais entourée de domestiques, au château de Sulham, à quelques miles de notre petite ville d'Appleton.

Je me hâtai de faire le lit de Margarita. Je ne voulais pas qu'elle soit punie. Nous étions toutes très solidaires, très proches les unes des autres. Seules Louise et Jessalyn ne m'inspiraient aucun altruisme, aucune générosité, aucune amitié. Ces jumelles s'étaient construit un monde à elles et grandissaient ici sans manifester d'affection à l'égard de personne. Elles parlaient leur propre langage et formaient un tout, un être double asocial et froid. Louiséjessalyn, puisque c'est ainsi que nous nommions cette curieuse entité, avait douze ans comme moi mais rien ne pouvait nous rapprocher. Elles ne cherchaient pas la compagnie des autres et ne faisaient aucun effort pour intégrer la famille que nous nous étions fabriquée ici. Leurs lits étaient proches de celui de Margarita, je tentai donc tout de même d'entrer en contact avec elles et leur demandai à voix basse où était passée notre amie.

Elles se regardèrent toutes les deux, comme si elles avaient besoin l'une de l'autre pour comprendre ma question, et elles répétèrent une phrase dans leur dialecte jumélique sans se quitter des yeux.

— *Kanipest efan tarp, Kanipest efan tarp.*

— Vous ne pourriez pas, pour une fois, faire un effort de communication ? demandai-je, agacée.

Elles recouvrirent leurs épaules des gros châles en laine râpeuse que nous avions tricotés en cours de travaux manuels et se dirigèrent vers le réfectoire sans me répondre.

June se rangea à mon côté et s'étonna également de l'absence de Margarita.

— Elle l'a fait ! Quelle idiote ! chuchota-t-elle.

La rumeur se propagea alors dans le rang qui progressait, tel un boa fatigué, vers le réfectoire.

— Elle l'a fait ! Elle est partie ! susurrait le serpent.

— En silence ! On avance en silence, s'il vous plaît, s'écria sœur Ethelred.

— Mais Margarita a disparu ! s'exclama Prudence.

Elle ne savait rien garder pour elle et aimait tant que l'on s'intéresse à elle.

Sœur Ethelred jeta un coup d'œil rapide à notre groupe et supposa que notre amie s'était sans doute attardée à la salle de bains.

Une heure plus tard, pendant la visite médicale, toutes les sœurs (elles étaient une vingtaine) cherchaient Margarita dans le manoir. Sœur Ethelred finit par nous interroger l'une après l'autre alors que nous attendions notre tour en petite tenue, dans le couloir devant l'infirmerie.

— Quand avez-vous vu Margarita pour la dernière fois ?

Tout le monde s'accordait à répondre la même chose.

— Hier soir.

— Où pensez-vous qu'elle puisse être ? fut la deuxième question de sœur Ethelred.

Personne ne voulait trahir Margarita ni répéter ses propos de la veille. Personne ne répondit donc à part Prudence, qui, encore une fois, ne put se retenir :

— Prions, sœur Ethelred, Dieu nous apportera la réponse à toutes nos questions.

Prudence m'adressa un clin d'œil discret et baissa la tête pour que sœur Ethelred n'aperçoive pas la fossette amusée qui venait de creuser sa joue droite.

2

– Joy MacInley! s'écria sœur Emma, de l'infirmerie.

Je me dirigeai vers le docteur, un grand maigre dont les yeux trop bleus et les moustaches à la Souvarov nous effrayaient toutes.

– Tout va bien, Joy? me demanda-t-il en me plaçant sous la toise.

Je hochai la tête.

– 1,55 mètre. Tu as beaucoup grandi.

Il m'indiqua la balance, sœur Emma actionna les poids sur la tige de fer jusqu'à ce que cette dernière ne penche plus ni d'un côté ni de l'autre.

– 45 kg, annonça-t-elle.

Le docteur m'ausculta avant d'inspecter ma gorge, mes oreilles, mes yeux. Il tira sur mes paupières inférieures et déclara que je manquais de fer, comme tout le monde depuis ce matin, précisa-t-il.

– Il va falloir que la cuisinière double les portions de viande et de lentilles ! s'exclama-t-il.

Il voulut savoir si j'avais eu mes règles mais comme personne ne nous avait jamais parlé de cela je pensais qu'il s'agissait de doubles décimètres ou d'outils utiles à la géométrie.

– Oui, oui, j'ai ce qu'il faut : une règle, un rapporteur, une équerre…

Le grand maigre secoua la tête. Sœur Emma secoua la tête à son tour et chuchota :

– Il n'y a que Margarita qui soit dans ce cas, docteur. C'est l'aînée de nos pensionnaires, la jeune fille qui a disparu depuis ce matin.

J'étais beaucoup trop timide pour demander des précisions sur cette partie de la conversation que je ne saisissais pas du tout.

– Il faudrait peut-être informer les futures jeunes femmes de ce qui les attend, proposa le docteur. Cela évite parfois des surprises angoissantes. Qui vous dit que Margarita n'a pas disparu pour éviter de me parler de cela ? Il n'y a que des femmes ici, vous ne devriez pas avoir de mal à aborder ce sujet.

– Entendu, docteur, murmura sœur Emma.

L'homme dut comprendre que la sœur ne suivrait jamais ses conseils car il me fit alors une description précise des transformations qui s'annonçaient en moi.

Ses moustaches et ses yeux me parurent soudain moins effrayants que ce qu'il me racontait.

— Il vaut mieux être au courant de ces choses-là, conclut-il.

Je regardais mes pieds. Je n'avais pas l'habitude qu'on me parle de cette partie de mon corps. Je n'avais pas l'habitude qu'on me parle de mon corps tout court. Ce qui se cachait sous la culotte était une zone interdite, un endroit effacé des cartes, un monde happé par une autre dimension. Même lorsque nous récitions l'alphabet, nous devions éviter le Q, que nous remplacions par «lettre malhonnête»... M, N, O, P, lettre malhonnête, R, S, T, U... Pourtant, je finis par sourire en repensant à l'inquiétude de Margarita qui craignait que ses seins ne s'arrêtent jamais de pousser. Pourquoi ne l'avait-on pas prévenue de tout cela avant?

— Quel est ton rêve le plus cher? me demanda finalement le docteur avant de terminer sa consultation.

— Que l'on retrouve mes parents.

— Je comprends, Joy, je comprends, répondit-il en regardant ses chaussures à son tour.

— Mais ce n'est pas possible, n'est-ce pas? demandai-je.

Je voulais sans doute qu'on m'empêche de rêver une bonne fois pour toutes. J'en avais assez d'espérer l'inespérable. J'étais fatiguée de croiser les doigts, de prier, de faire des vœux dès que j'avais un cil sur la joue, dès que je mangeais ma première fraise de la saison ou dès que j'apercevais une étoile filante par la fenêtre de la salle de bains. C'était usant d'attendre ce qui ne viendrait jamais. L'espoir m'éreintait.

— On n'a jamais retrouvé tes parents mais on a bien retrouvé leur bateau près de l'île d'Helm. Tes parents sont peut-être en vie… dit sœur Emma. Il faut prier pour qu'ils reviennent vite.

— Mais s'ils sont morts, ça ne sert à rien de prier. On ne changera pas ce qui s'est déjà passé en priant, n'est-ce pas ?…

— Dieu fait de grandes choses, ma fille… Ne perds pas l'espoir.

— En tout cas, tu es en forme, Joy. Continue comme ça ! conclut le médecin.

Je n'avais jamais rien fait de spécial pour être en bonne santé et je ne comprenais pas ce que je devais faire de plus pour « continuer comme ça », mais je souris et je me tus parce qu'on nous rabâchait toute la journée qu'il ne fallait pas répondre aux adultes.

Le médecin tamponna mon carnet de santé et je laissai ma place à Prudence.

Dans le couloir, les filles piaillaient. On aurait dit qu'un chat venait de passer dans un poulailler.

– Margarita était cachée sous l'autel de l'abbatiale. Les sœurs l'ont retrouvée ! s'exclama Lucy.

– Mais où est-elle maintenant ? demandai-je.

– Avec Lady Bartropp.

– Qu'est-ce qu'elle fait là, celle-là ? m'étonnai-je.

– On est mardi. Elle est toujours là le mardi, tu sais bien !

Je m'inquiétai :

– Tu crois que Margarita va se faire punir ?

– À coup sûr !

Margarita revint vers nous à cet instant. Elle avait les yeux rouges mais se forçait à sourire.

– Bonjour les amies ! dit-elle.

Elle attendit son tour sans se déshabiller.

Personne ne lui fit la moindre remarque, même pas sœur Ethelred, qui pourtant nous avait toutes obligées à attendre là presque nues.

– Pourquoi n'ôtes-tu pas tes vêtements ? demandèrent les jumelles, de leurs voix identiques.

– Parce que je ne peux pas.

– On peut quand on veut. Dis plutôt que tu ne veux pas.

– C'est n'importe quoi ! me révoltai-je pour protéger Margarita et parce que les jumelles me mettaient facilement hors de moi. Vous, par exemple, vous voudriez bien avoir des parents… et vous n'en avez pas ! Vous voulez mais vous ne pouvez pas !

Les deux filles se mirent à sangloter et se précipitèrent vers sœur Ethelred.

— Joy nous a blessées ! dirent-elles.

Je fus privée de dessert. Dès que je leur disais quelque chose de sensé, j'étais privée de dessert. Et comme je faisais souvent des remarques pertinentes aux deux pestes, ce que je préférais dans un repas m'était souvent interdit. À l'orphelinat, le dessert récompensait sans doute les êtres silencieux ou débiles.

Au déjeuner, Margarita, assise à côté de moi, me glissa un morceau de flan sous la table. Je fis comme si je bâillais pour l'introduire discrètement dans ma bouche.

— Merci de m'avoir défendue ! chuchota la fugueuse.

— Merci pour le dessert. J'adore ça !

— Si tu veux, je te donnerai des biscuits ce soir.

— Où les as-tu trouvés ?

— Dans ma malle, la semaine dernière. Je pensais que tout le monde en avait eu… mais June m'a dit le contraire.

— Ils sont peut-être empoisonnés.

— Je ne suis pas morte et j'en ai déjà mangé !

– Je serais toi, je me méfierais, dis-je en fixant les jumelles.

– Tu n'es pas moi... et d'ailleurs, tu as bien de la chance...

– Pourquoi tu dis ça ?

Elle fit mine de s'intéresser à deux oiseaux qui venaient de se poser dans la neige poudreuse du cloître.

– Ils doivent avoir froid aux pattes, remarqua-t-elle. J'aime bien les oiseaux, pas toi ?

À partir de ce jour, Margarita se rapprocha plus souvent de moi. J'étais flattée que l'aînée de notre groupe m'ait choisie comme amie.

3

Margarita s'évada encore à plusieurs reprises. Pourtant la visite médicale était passée et rien ne pouvait plus l'effrayer autant maintenant. On la retrouvait toujours dans l'abbatiale, si bien que les sœurs finirent par penser que Margarita se destinait sans doute à une vie mystique.

— Penses-tu à rejoindre notre grande famille un jour ? lui demanda notre mère supérieure pendant une récréation.

Margarita sembla ne rien comprendre. Elle esquissa une grimace.

— Mais nous formons déjà une grande famille ici, n'est-ce pas ? dit-elle.

— Aimerais-tu porter le voile et dédier ta vie à Jésus ? précisa sœur Alarice.

— Non merci, répondit timidement Margarita. Je crois que je préférerais me marier et avoir des enfants.

— Mais tu sais qu'ici nous sommes en quelque sorte mariées... et que les enfants ne manquent pas. Tu pourrais commencer ton noviciat dès l'année prochaine. Nous allons y penser... car je sens bien l'importance de la foi dans ta vie, Margarita.

— C'est très gentil... mais non merci, répéta mon amie tout bas.

Lorsque nous fûmes seules, Margarita s'effondra en sanglots.

— Je ne veux pas être bonne sœur! Je ne crois même pas en Dieu!

Cette déclaration me fit l'effet d'une boule de neige dans le cou. Je n'avais jamais pensé qu'il était possible de ne pas croire en Dieu. Dieu faisait partie de nos vies. Jésus était partout à l'orphelinat. Tous les murs étaient recouverts de tableaux le représentant. Des sculptures de la Vierge et des saints décoraient le cloître de l'abbaye, des icônes dorées illuminaient les bureaux des sœurs... Les gens du ciel vivaient avec nous. Nous les remerciions avant chaque repas, avant de dormir, nous leur demandions de l'aide avant chaque épreuve. Ils étaient nos guides, nos béquilles, notre famille. Comment Margarita avait-elle pu remettre tout cela en question? Comment pouvait-elle dire qu'elle ne croyait pas en Dieu?

— Tu n'as pas peur qu'Il t'entende ? dis-je en montrant le ciel.

— Je n'ai pas peur puisque je ne crois pas qu'il y ait quelqu'un là-haut.

— Dieu est partout ! affirmai-je.

— Si ça te rassure…

— Pourquoi t'échappes-tu sans cesse vers l'abbatiale alors ? Que vas-tu chercher là-bas si ce n'est pas l'aide de Jésus ?

Elle me confia un secret. Je dus promettre sur la tête de Spike, mon lapin en peluche, que je ne le répéterais à personne.

Lorsque Margarita avait fui pour échapper à la visite médicale, elle avait repéré une porte dans la crypte de l'abbatiale, une minuscule porte mal fermée et recouverte de toiles d'araignée. Elle s'était dit qu'elle pourrait sans doute se cacher derrière. Elle s'attendait à trouver un cagibi pour les balais mais elle avait découvert une longue galerie. Celle-ci menait à une trappe cachée sous l'autel et croisait d'autres passages qui conduisaient à des lieux qu'elle n'avait pu explorer. Elle était passée devant deux bifurcations et rêvait de savoir où allaient ces chemins, mais depuis, elle n'avait jamais pu entrer de nouveau dans le souterrain. On l'avait toujours rattrapée avant.

— Tu n'as pas eu la trouille de t'aventurer dans un endroit pareil ? demandai-je.

— À côté de la visite médicale, ça n'était rien. Tout est relatif, tu sais.

— Non, je ne sais pas.

Margarita n'avait qu'un an de plus que moi mais elle lisait toute la journée et connaissait beaucoup de choses que je ne connaissais pas. Son vocabulaire était exceptionnel. D'ailleurs nos enseignantes nous le répétaient souvent. « Margarita est une encyclopédie vivante. »

— C'est quoi, « relatif » ? demandai-je.

— Les choses n'ont de valeur que les unes par rapport aux autres. C'est ça, la relativité. Par exemple, à l'orphelinat tu es la plus jolie... mais il y a peut-être une fille bien plus belle ailleurs.

— Je suis jolie, moi ?

Elle hocha la tête.

— Pas de fausse modestie, s'il te plaît.

Je ne savais pas non plus ce qu'était la fausse modestie mais je ne voulais pas paraître trop inculte alors je fis semblant de comprendre.

— D'accord, d'accord, dis-je. Pas de fausse modestie !

La récréation était terminée, nous reprîmes les cours mais je n'écoutais rien. Deux idées m'occupaient largement l'esprit et ne laissaient plus de place à quoi que ce soit d'autre : Margarita ne croyait pas en Dieu et il existait un souterrain mystérieux sous l'abbatiale.

Je finis par vouloir m'associer aux escapades de Margarita. Malheureusement, dès que nous entrions dans l'église, nous nous retrouvions nez à nez avec l'une des sœurs. Toutes peinaient à nous gronder tant elles pensaient que notre passion pour Jésus nous avait menées jusqu'ici, en dehors des heures de messe obligatoire. Une seule fois j'entraperçus la fameuse porte mais nous n'eûmes pas le temps de l'ouvrir car un prêtre freina nos élans d'exploratrices.

— Souhaitez-vous vous confesser ? demanda-t-il.

Je me sentais si coupable d'avoir désobéi aux sœurs et quitté la cour de récréation que je répondis :

— Oui, s'il vous plaît.

Margarita me cogna le coude et murmura entre ses dents :

— T'es malade ?

Le père ouvrit les deux rideaux du confessionnal. Je m'installai d'un côté de la cloison, lui de l'autre. Nous pouvions nous parler à travers une petite grille de bois. J'aimais l'odeur de cire qui enveloppait cet endroit.

Margarita attendait à côté.

— Je vous écoute, dit le prêtre.

— Je ne devrais pas être là, mon père. Je suis venue de l'orphelinat pendant la récréation avec mon amie…

— Et pourquoi l'abbatiale ?

Margarita épiait notre conversation. Elle ouvrit le rideau de mon côté et plaça son index sur sa bouche pour me faire comprendre que je ne devais rien dire. J'hésitai un instant. Je ne pouvais tout de même pas mentir pendant ma confession. Pourtant, je respectai la demande de mon amie :

— Je viens prier, dis-je.

— C'est juste pour cela que vous vouliez vous confesser ? me dit le prêtre… je ne vois rien de mal à prier… à part le fait d'avoir caché à sœur Ethelred que vous veniez ici. La cachotterie est une sorte de mensonge… mais vous savez, elle peut comprendre… elle aussi aime Jésus.

Depuis ce jour, je rejoignis, malgré moi, Margarita dans la galère des futures novices. Les sœurs en me croisant affichaient un sourire discret mais néanmoins complice et ravi, car le prêtre n'avait apparemment pas su garder le secret de ma confession.

— Alors, Joy, vous êtes prête à suivre votre amie sur le chemin du noviciat ! Quelle bonne nouvelle !

s'exclama sœur Alarice, qui m'avait convoquée dans son bureau.

— Pas exactement, répondis-je.

Mais les sœurs n'entendaient que ce qui leur plaisait.

— Merveilleux ! Nous sommes toutes ravies que la grâce vous ait touchées si jeunes, vous et Margarita.

— Mais…

Elle ne me laissa pas le temps d'exprimer mon désaccord.

Elle me raccompagna vers la porte en me prenant par l'épaule.

— Vous verrez, rien n'est plus rassurant qu'une vie au côté de Dieu.

Je rapportai ces paroles à Margarita, qui réagit immédiatement :

— Comment peut-elle dire cela ? Elle n'a jamais vécu autre chose. Elle est entrée dans les ordres à quinze ans. Encore une fois, tout est relatif, ma chère.

Je souris, ravie d'avoir saisi cette nouvelle notion. Margarita m'aidait certainement à bien grandir. J'avais désormais une grande sœur sur qui je pouvais compter.

4

Nous décidâmes d'interrompre momentanément nos escapades vers l'abbatiale. La situation devenait dangereuse. Ni Margarita ni moi ne souhaitions entrer dans les ordres, et notre fréquentation trop assidue de ce lieu de culte allait finir par nous jouer un mauvais tour. Et puis, l'église n'était jamais vide. On y croisait forcément une sœur, un prêtre, un sacristain ou une bigote un peu curieuse, un peu bossue, qui traînait souvent dans la crypte et parlait toute seule. Nous devions trouver une solution pour nous y rendre sans être remarquées et sans rencontrer personne. Prudence se joignit à nous alors que nous discutions de ce problème, assises sur un bac à fleurs du parc.

— Qu'est-ce que vous mijotez encore toutes les deux ? Une nouvelle fugue pour parler au bon Dieu ? Sans rire... ça m'étonnerait que Margarita veuille devenir sœur... J'ai bien vu que tu ne faisais même pas tes prières. Alors c'est quoi, votre secret ? Pourquoi vous allez si souvent à l'église ? Pour un garçon ?

Margarita se taisait, alors je me tus aussi. Je mourais pourtant d'envie de raconter l'histoire du souterrain. Au bout d'une heure, Prudence avait rejoint notre équipe d'exploratrices. Elle était si directe et si joyeuse en toutes circonstances que Margarita n'avait su résister ni à sa bonne humeur ni à sa curiosité. Prudence était arrivée à l'orphelinat lorsqu'elle avait quelques jours. Sa mère l'avait déposée dans un couffin devant la porte de l'abbaye. Elle était assez proche de Margarita qui, elle aussi, avait été accueillie par les sœurs quelques jours après sa naissance. Prudence et moi avions le même âge mais, comparée à elle, j'étais une toute jeune pensionnaire de l'orphelinat. On m'avait placée ici lorsque mes parents avaient disparu lors d'une promenade en mer. J'avais alors six ans. Avant cela, j'avais connu des années de grand bonheur entourée d'un papa et d'une maman tendres et généreux. Nous habitions une belle maison que nous louions alors au frère de Lady Bartropp. Dans le Finnsbyshire, notre région, tout appartenait aux Bartropp, une famille de nobles, orfèvres de père en fils. Souvent nous nous demandions s'il était plus triste d'avoir connu ses parents ou d'avoir été abandonnée à la naissance. Chacune prêchait pour sa paroisse, ce qui finit par me persuader que le statut d'orphelin était certainement difficile dans tous les cas. Pourtant notre amie June était l'exception qui confirmait ma règle. Elle se réjouissait de ne pas avoir continué à vivre chez ses géniteurs, deux monstres qui l'avaient tant et tant frappée et insultée qu'un juge les avait finalement destitués de leurs droits parentaux. Les parents de June n'avaient pas souffert de cette décision. Ils avaient immédiatement proposé leur fille à l'adoption. Cependant personne n'avait voulu de cette petite souillon, pouilleuse, morveuse et triste. Le juge avait alors contacté les sœurs d'Abbey Road pour qu'elles permettent à June de vivre une enfance plus clémente. June se réjouissait d'avoir été accueillie dans notre orphelinat, où elle pouvait manger à sa faim, dormir dans un lit et apprendre autre chose qu'à porter des fagots de bois ou à nettoyer des écuries, ce qu'elle avait fait jusqu'à son septième anniversaire. June remerciait toujours le ciel d'être orpheline. Mais oui ! clamait-elle, on pouvait avoir toujours des parents et être pourtant orpheline. C'était peut-être mon cas. Mais rien n'était moins sûr. À la différence de June, je caressais l'espoir qu'un jour mes parents viendraient me chercher à l'orphelinat. Je ne me sentais donc jamais vraiment comme les autres... Chez moi il y avait eu de l'amour et il y en aurait peut-être encore…

J'aimais dire que je n'étais qu'une demi-orpheline. Les jumelles trouvaient cela très méchant pour celles qui étaient de pures orphelines. En fait, elles cherchaient n'importe quel prétexte pour que je sois privée de dessert.

— Pour l'instant, tu es orpheline, m'avait expliqué sœur Ethelred. Il faut que tu t'habitues à cela. Tu es comme les autres ici.

— Pour l'instant… avais-je répondu tout bas pour ne pas qu'elle m'entende.

On fêta l'anniversaire de Margarita le 14 décembre. Nous n'étions qu'une dizaine à connaître nos véritables dates de naissance ici. Margarita faisait partie de ce groupe car on disait que sa mère avait déposé une lettre sur le couffin de son enfant, une lettre qui précisait son nom et sa date de naissance. Les sœurs avaient fait cuire six gâteaux pour fêter les quatorze ans de Margarita. Tout le monde, même les bébés du premier étage, fut invité à la petite fête. Rien de vraiment drôle ni festif, en fait. Les sœurs n'avaient pas le sens de l'amusement. Il fut dit une messe spéciale pour Margarita. Nous nous en serions passé mais les sœurs pensaient que c'était le plus beau cadeau qu'elles pouvaient offrir à une future novice. À aucun moment nous ne tentâmes de descendre à la crypte, même si Prudence, enchantée d'être désormais associée à notre mission secrète, ne cessait de me faire des clins d'œil en regardant les quelques marches qui auraient pu nous mener à la porte du souterrain.

De retour à l'orphelinat, nous dûmes toutes déposer nos chaussures devant l'immense cheminée du réfectoire car le petit chemin s'était recouvert de neige et nos pieds étaient trempés. On nous pria d'enfiler nos chaussons, ceux que sœur Wilhimina nous tricotait chaque année pour Noël. Puis sœur Alarice vint couper les quatre-quarts aux pommes d'un geste solennel. Elle serrait sa petite bouche pâle, comme à chaque fois qu'elle voulait avoir l'air impressionnant. Quatorze filles regroupées en cercle, tel un énorme gâteau, tenaient chacune une bougie et chantaient une ritournelle d'anniversaire. Margarita souffla, on applaudit. Puis le silence reprit ses habitudes en s'installant de nouveau à chaque étage.

Le soir, alors que nous rangions nos affaires dans la malle située sous nos lits, Margarita me fit un signe et brandit deux paquets de biscuits au chocolat. L'emballage était luxueux, bleu, rose et doré. Il était écrit en lettres d'or : « Galettes de Paris, biscuit au chocolat fin. »

– De Paris ! Tu te rends compte ! Ce doit être un cadeau des sœurs ! chuchota-t-elle.

– C'est un cadeau du bon Dieu, dit Noëlle, la plus pieuse d'entre nous.

– Le bon Dieu ne fait pas ce genre de cadeau, fis-je remarquer.

– Qu'est-ce que t'en sais ? Tu crois que tu sais tout, comme d'habitude, me firent remarquer les jumelles.

J'ignorais toujours laquelle des deux m'avait parlé. En réalité, j'aurais préféré les ignorer tout court. Mais, telles deux harpies, elles revinrent à la charge :

– C'est pas parce que tes parents ne sont peut-être pas morts que t'es plus intelligente que les autres, dit la première.

– Et c'est pas parce que t'es la copine de Margarita que tu peux te permettre n'importe quoi. C'est elle l'aînée, pas toi, ajouta la seconde.

– Mais je ne me permets rien… si je me permettais, ce serait bien différent, expliquai-je

– Ça ressemblerait à quoi ? Hein ? Dis-moi ce que tu me dirais si tu avais du cran… dit Louisé-jessalyn.

Le ton de nos voix montait alors que nous étions censées chuchoter.

Margarita dit :

— Elles essaient de te faire priver de dessert à nouveau. Ne tombe pas dans le panneau.

— Si j'allais jusqu'au bout de mes pensées... je vous dirais... hésitai-je.

— Vas-y ! Dis-le ! Dis-le ! s'impatienta Louiséjessalyn.

— Je vous dirais que je vous aime...

Les jumelles restèrent bouche bée. Les autres filles m'applaudirent mais j'ajoutai alors :

— ... je vous aime... quand vous dormez !

Je m'étonnai de cet aplomb soudain et de ce sens de la répartie qui jusqu'ici m'avaient toujours fait défaut. En général j'enrageais de ne jamais avoir trouvé à temps la réponse adéquate ; les bonnes répliques je les trouvais la nuit, quelques heures après la discussion. Je refaisais l'histoire dans ma tête et j'imaginais les différentes réponses que je n'avais pas eu le plaisir de trouver au bon moment. En général je me laissais marcher sur les pieds... et priver de dessert.

Sœur Ethelred fit son entrée habituelle et nous dûmes nous agenouiller sur-le-champ.

— Tu m'as épatée ! murmura Margarita de l'autre côté de l'allée. Tu veux une galette parisienne ?

Tandis que, toutes en chœur, nous remerciions Jésus et Lady Bartropp, elle me lança un biscuit que

je cachai rapidement sous mon oreiller. Je le mange-
rais lorsque sœur Ethelred aurait éteint les lumières.
Mais je fus de nouveau prise d'un doute.

— Psss ! Margarita ! dis-je dans la pénombre. Tu es
sûre qu'il n'est pas empoisonné ?

— On n'est jamais sûr de rien…

Je l'entendis croquer et mâcher sous ses couvertures puis elle ajouta :

— Si, en fait, je suis sûre d'une chose : les galettes
de Paris, c'est délicieux !

Je croquai à mon tour et, pour une fois, l'obsession
du souterrain de la crypte ne me retint pas anorma-
lement éveillée. Je m'endormis, le palais ravi, en
rêvant de la Seine et des biscuiteries parisiennes.

5

Le lendemain soir, Margarita constata qu'un biscuit avait été volé dans sa malle, le surlendemain un deuxième. À chaque fois, nous soupçonnions les jumelles. Elles couraient immédiatement se plaindre à sœur Ethelred. Celle-ci nous reprochait alors d'être trop suspicieuses. Cependant, les histoires de sablés n'occupaient qu'épisodiquement nos esprits. Nous rêvions plus de nos affaires souterraines, agacées de ne pas avoir su élaborer un plan satisfaisant pour parvenir à la crypte sans être surveillées. Nous étions désormais observées par toute la congrégation. Les nonnes voyaient en nous de futures recrues et suivaient nos faits et gestes avec une attention et des sourires particuliers. Prudence, elle, avait échappé à cela puisqu'elle n'avait jamais été surprise dans l'abbatiale. Elle ne pouvait donc pas comprendre notre réticence à tenter une nouvelle approche du souterrain.

— Allez, les filles, on y va maintenant ! lançait-elle dès que nous avions un moment à nous.

Elle finissait par nous exaspérer. On aurait dit un jeune chiot qui rapporte inlassablement sa balle pour que l'on joue avec lui. Elle nous rendait encore plus impatientes et frustrées de ne pas pouvoir œuvrer comme nous l'aurions souhaité. Margarita me confia qu'elle regrettait un peu de lui avoir confié son secret.

— On ne peut pas regretter d'avoir Prudence comme amie. Elle est si joyeuse ! remarquai-je.

— Tu as raison, chacune apporte quelque chose à l'autre, et elle, c'est effectivement la joie qu'elle nous procure.

— Et moi, demandai-je, qu'est-ce que j'apporte ? Elle hésita…

— Euh… La protection. Tu es notre bouclier !

— N'importe quoi ! dis-je en levant les yeux au ciel. Tu me fais croire que je suis importante juste parce que tu ne trouves rien à dire. Et toi, tu apportes quoi ?

— Le souterrain, pardi ! Je suis le point de départ de notre association. Elle réfléchit : J'apporte aussi les galettes parisiennes… mais à ce propos… il en manquait encore deux ce matin.

— Deux ? Alors, cette fois-ci, c'est vraiment signé… Une pour Louise, l'autre pour Jessalyn.

Je fis remarquer aux deux voleuses que nous n'étions pas dupes et que je saurais les prendre la main dans le sac. Louiséjessalyn me répondit, l'air hautain :

— Je vois que tu aimes être privée de dessert.

J'étais certaine que les deux jumelles étaient coupables, mais Margarita vint vers moi en secouant la tête de droite à gauche. Elle semblait très embarrassée.

— Je reviens du dortoir, j'avais oublié mon cardigan sur mon lit... eh bien, sais-tu qui je viens de découvrir accroupie près de mon lit, dévorant l'une des galettes ? Sœur Jennifer !

— Sœur Jennifer ! Une voleuse !

— Une gourmande en tout cas... assura Margarita. Elle m'a grondée en me disant que je n'avais pas le droit de me promener dans le dortoir à cette heure. Elle m'a même envoyée chez la supérieure.

— Et alors ?

— J'ai raconté la vérité ! Mais sœur Alarice m'a dit que je mentais et qu'aucune sœur ne pouvait se permettre de voler quoi que ce soit. Du coup, elle m'a punie. Je suis privée de dessert et de bibliothèque pendant deux semaines.

— Mais c'est injuste !

— Tu trouves que la vie est juste, toi ?

— Je ne me suis jamais posé la question.

– Tu devrais. Peut-être qu'ensuite toi non plus tu ne croirais plus en Dieu.

Margarita ne souffrit pas de la privation de dessert puisqu'elle avait réussi à garder quelques sablés parisiens pour elle en cachant le paquet dans mes affaires. Cependant l'interdiction de fréquenter la bibliothèque et d'emprunter des livres la plongea dans une terrible déprime. Elle n'avait plus rien à lire et se désespérait à chaque instant. Les romans étaient de toute évidence son évasion, son voyage quotidien, sa bouée pour supporter la vie dans notre orphelinat. Les sœurs nous avaient averties que si, par malheur, l'une d'entre nous prêtait de la lecture à Margarita, elle serait punie à son tour.

– Il n'est pas interdit de te lire des livres, remarquai-je.

J'avais trouvé une faille dans le système punitif de notre éducation. Je ne risquais rien à me transformer en lectrice. Margarita apprécia les pages d'une histoire excessivement romantique que je lui lus pendant nos temps libres. Son sourire revenait, ses projets d'exploration aussi.

– Il faut vraiment qu'on en sache plus sur ce qui se cache là-dessous, dit-elle.

Mais elle n'émit aucun plan d'attaque, aucune idée nouvelle quant à l'approche du lieu secret car nous étions doublement surveillées depuis sa punition. Cet espionnage permanent nous précipita d'ailleurs dans un curieux état de nervosité. Je souffrais déjà d'un trop-plein d'adrénaline qui engendrait des réactions physiques après chaque bruit, chaque surprise, chaque émotion, mais la survenue d'insomnies transforma de plus mes journées en véritable calvaire. Je luttais pour tenir mes yeux ouverts, je luttais pour écouter les leçons, je luttais pour faire mes prières, je luttais à chaque instant. Finalement, je vécus la punition de Margarita avec autant de douleur qu'elle et je fus soulagée lorsque sœur Alarice y mit fin, deux jours avant la date prévue, en expliquant à toute la classe :

— Margarita a fait un pas de travers mais c'est une excellente chrétienne, une future novice. J'espère que vous tirerez toutes parti de ses erreurs et que personne n'osera accuser une sœur à tort désormais.

· Comme d'habitude Prudence se rebella :

— Comment êtes-vous certaine qu'aucune sœur n'est capable du péché de gourmandise ou du vol d'un gâteau ? Nous sommes tous des êtres humains. Nous avons tous des faiblesses, n'est-ce pas ?

Sœur Alarice punit Prudence. La punition était finalement la réponse à n'importe quelle pensée sensée.

L'apparition des galettes parisiennes dans la malle de Margarita avait modifié ma perception du monde. Étaient-ce les réactions de Margarita et de Prudence qui avaient initié ce changement ou étais-je simplement en train de grandir et de réaliser les injustices et méchancetés permanentes auxquelles nous confrontaient les sœurs ? Plus je les trouvais détestables, plus elles semblaient se rapprocher de moi. Elles ne cessaient d'évoquer mes futures années de novice, et cela m'exaspérait.

6

Un jour, sœur Ethelred nous apprit que la congrégation partait en déplacement vers le comté voisin
pour rencontrer l'archevêque de Milbury, un homme
dont elle nous parlait souvent parce qu'il s'occupait
principalement des pauvres de la région. Voilà qui
nous ouvrait soudain de beaux horizons... ou plutôt
de beaux souterrains. Seules les sœurs Abigail et
Emma ainsi que le jardinier Dawson allaient rester à
l'abbaye ce jour. Malheureusement, alors que nous
programmions notre escapade, cachées dans la salle
de jeux de société, sœur Ethelred s'approcha de notre
groupe.

– Margarita, Joy, j'ai une excellente nouvelle...

Dès que j'entendais cette phrase, j'imaginais que
l'on allait m'annoncer que mes parents étaient revenus. Je n'avais même pas réalisé que sœur Ethelred
s'adressait aussi à Margarita et que par conséquent il
s'agissait forcément d'une autre surprise.

– En tant que futures novices, nous avons pensé que vous aimeriez rencontrer l'archevêque de Milbury. Monseigneur Paine est un homme admirable...

Elle rabâcha son monologue. Je finissais par croire que cet archevêque avait envoûté les sœurs. Les yeux de sœur Ethelred se remplissaient de petits cœurs lorsqu'elle parlait de lui. Mais nous ne nous intéressions plus à ce qu'elle racontait. Margarita et moi restions tétanisées à l'annonce de ce départ qui allait contrecarrer tous nos plans.

– Et crotte de bique ! chuchota Prudence.

C'était le seul gros mot que nous nous autorisions à dire.

– Pire que ça, grommela Margarita.

Sœur Ethelred s'emballait toute seule : « Monseigneur Paine par-ci, notre merveilleux archevêque par-là, si bon, si grand, si généreux... un saint homme... », on ne pouvait plus l'arrêter. Les petits cœurs se multipliaient, les joues de sœur Ethelred avaient rosi, elle semblait soumise à un enchantement. Elle repartit en souriant exagérément.

– Vous remercierez bien Lady Bartropp et sœur Alarice, ce sont elles qui ont décidé que vous nous accompagneriez. Lady Bartropp sera aussi du voyage. C'est une amie de l'archevêque.

– Crotte de bique de crotte de bique ! m'exclamai-je à mon tour dès qu'elle eut tourné le dos.

– Crotte de chameau ! ajouta Margarita fièrement.

Elle avait l'impression d'avoir fait un grand pas dans le monde interdit des gros mots, et d'ailleurs nous la trouvâmes bien audacieuse.

Non seulement ce voyage nous déplaisait tout à fait mais la confirmation de notre entrée prochaine dans la congrégation nous effrayait terriblement.

– Il faut qu'on leur parle. Il faut qu'on leur dise qu'on ne veut pas être bonnes sœurs ! dis-je.

Prudence proposa de le dire à notre place. Elle aimait tant se mettre en avant qu'on pouvait lui confier n'importe quelle mission de porte-parole.

– Je saurais dire ça sans les vexer, je vous assure !

Nous acceptâmes car nous n'avions pas le courage d'affronter les sœurs Alarice et Ethelred.

Prudence courut derrière cette dernière. Elle fit de grands gestes et de petits sourires de sainte-nitouche. Sœur Ethelred soulevait les sourcils et hochait la tête. Nous eûmes l'impression que notre amie parvenait à convaincre son interlocutrice du bien-fondé de notre demande. Pourtant, elle revint dix minutes plus tard en traînant les pieds, l'air vaincu.

– Pfff! J'ai été nulle. Elle m'a répondu qu'elle entendait ce que je disais… Ça ne veut rien dire! Bien sûr qu'elle entend!

Quelques heures plus tard, Prudence fut convoquée par sœur Alarice qui lui fit un grand sermon sur la jalousie. Elle lui dit:

– Tu envies certainement tes deux amies qui seront bientôt novices et qui auront la chance de rencontrer notre archevêque prochainement mais ce n'était pas la peine de raconter des sornettes à sœur Ethelred. Elle n'est pas dupe, tu sais. Elle sait reconnaître les enfants qui ont une foi indestructible et les qualités requises pour entrer dans les ordres. Tu ne fais pas partie de ces filles-là pour l'instant, mais ne t'inquiète pas, cela vient parfois plus tard. Tu ne dois pas être jalouse. Cela n'est pas constructif!

Voilà comment Margarita et moi fûmes condamnées à rencontrer l'archevêque. Quelle mauvaise farce! Je ne comprenais pas pourquoi cette rencontre mettait toutes les sœurs dans un tel état de liesse. D'accord, le voyage était beau, les collines verdoyantes, les milliers de moutons, les murets de pierre ocre délimitant les champs comme des coutures de patchwork, les nuages blancs et dodus prenant des formes d'animaux géants… tout cela nous changeait tant du quotidien de l'abbaye que nous avions presque oublié la raison de notre présence dans ce vieil autocar plus inconfortable que les calèches de l'orphelinat. Lorsque nous arrivâmes à Milbury, c'est monseigneur Paine lui-même qui nous aida à descendre du bus. Les sœurs roucoulaient. Un bel homme galant les recevait. Ce n'était pas chose courante.

— Je croyais que les sœurs ne devaient pas s'intéresser aux garçons, dis-je à Margarita.

— Toutes les filles s'intéressent aux garçons, tous les garçons s'intéressent aux filles... c'est la nature. C'est juste qu'elles ne doivent pas vivre une histoire d'amour avec quelqu'un d'autre que Dieu.

— Il y a des filles qui ne s'intéressent qu'aux filles... June, par exemple. Elle a dit que les garçons ne lui plaisent pas.

— Elle n'en connaît pas, c'est pour ça ! Plus tu connais de garçons, plus tu as le choix...

— Pourtant à la chorale du samedi... on a le choix... Moi, je te répète ce que June m'a dit : elle n'aime que les filles !

Sœur Ethelred me fit signe de me taire. Nous fûmes dirigées vers un réfectoire cossu où des plats délicieux nous furent servis. Le cuisinier était un prêtre italien. Jamais je n'avais dégusté de pizza ni de lasagnes. Mes papilles rencontraient l'origan pour la première fois mais aussi l'amaretto du tiramisu et la saveur si particulière des minuscules cœurs d'artichaut.

Il fut versé de nombreux verres de vin aux sœurs qui devinrent de plus en plus joyeuses. Lady Bartropp, elle, ne buvait que de l'eau. Elle passait son temps à regarder dans notre direction, ce qui me gênait particulièrement car il est difficile de manger proprement lorsqu'on se sent épié. C'est toujours dans ces moments que les feuilles de salade n'entrent pas tout entières dans nos bouches et que nous perdons notre élégance habituelle. J'étais sans doute la seule à me préoccuper de rester gracieuse. Tout le monde semblait ravi par la qualité des mets et mangeait de bon cœur. L'archevêque racontait des histoires drôles au bout de la table, deux prêtres nous avaient rejoints et évoquaient leurs derniers voyages en Inde. Le dépaysement fut plaisant et complet. Je finis par comprendre pourquoi cette réunion annuelle était tant attendue par les sœurs. Car, si elles n'avaient jamais eu un sens flagrant de la fête, l'homme d'église de son côté avait compris que la vie se devait d'être agréable de temps à autre. On nous présenta comme les futures novices. L'archevêque nous demanda si nous avions bien réfléchi à la direction qu'allaient prendre nos vies, mais Lady Bartropp précisa que nous aurions justement deux ans pour «bien réfléchir» pendant notre noviciat. L'archevêque fit alors une remarque pertinente :

— Pour ma part, je n'ai jamais demandé à entrer dans les ordres. Mes parents m'ont imposé ce choix sans se soucier de mes désirs, ni de mes convictions. J'étais l'aîné de six enfants et je n'ai jamais eu à me poser de questions sur mon avenir qui était tout tracé depuis ma naissance.

— Le regrettez-vous, monseigneur ? demanda Lady Bartropp. Je sens une légère amertume dans votre discours.

— Pas le moins du monde. J'ai appris à aimer Dieu et je suis heureux, comme tout le monde autour de cette table, je le souhaite.

On lui servit un verre de vin qu'il tendit ensuite vers le centre de la table en disant :

— À notre prochain !

Je pensais qu'il trinquait à son prochain verre. Il me déçut. Je le trouvais porté sur la boisson. Mais Margarita m'expliqua plus tard que l'archevêque avait levé son verre à ses frères et à ses semblables. Elle me rappela la phrase de l'Évangile : «Tu aimeras ton prochain comme toi-même» et je ris en imaginant monseigneur Paine aimer un verre de vin autant qu'un être humain. Je réalisai alors que je répétais souvent des phrases sans les comprendre. Je ne m'étais jamais demandé qui était ce « prochain » dont parlait l'Évangile, comme je n'avais aucune idée de ce que pouvait signifier « accordez-nous votre miséricorde ». Pendant plusieurs années, j'avais dit « miséricorne » et je pensais alors qu'il s'agissait d'une sorte de vache déprimée, mais depuis que j'avais lu le mot et rectifié sa prononciation, cela évoquait pour moi un instrument à cordes qui pleurait une musique triste. En fait, je n'avais pas vraiment envie d'en savoir plus sur mon prochain ni sur la miséricorde. Le sens que j'accordais aux mots ou le mystère que je leur prêtais me satisfaisait en général. Les mots inconnus m'offraient la possibilité d'imaginer ce que bon me semblait et me permettaient de faire des rêves qui n'appartenaient qu'à moi. Les miséricornes avaient peuplé mes heures de messe, broutant aux quatre coins de mon imagination, pleurant de chaudes larmes de ruminants tristes sur leurs lourdes cloches. Quant à mon prochain, j'avais jusqu'ici préféré ne lui attribuer aucun sens. C'était bien plus facile d'aimer un mot vide de sens que d'aimer ses frères et ses semblables autant que soi-même.

7

Lady Bartropp ne nous avait pas quittées des yeux. À la fin du repas, elle nous proposa une promenade en sa compagnie dans le parc de l'archevêché. J'étais flattée par sa proposition mais extrêmement mal à l'aise. Cette femme que nous remerciions chaque soir autant que Jésus, cette femme que tout le monde respectait dans la région était une sorte d'impératrice avec laquelle je n'aurais jamais pensé me promener. Je ne me sentais pas à sa hauteur, j'avais peur de son regard malicieux et critique, peur de ne pas m'exprimer correctement, de ne pas marcher correctement, peur de ne pas être ce qu'elle attendait.

— Tout se passe-t-il bien à l'orphelinat ? demanda-t-elle.

— Oui, Milady, répondit Margarita. Tout se passe bien.

— Allez, allez, il y a bien des choses qui ne vont pas

comme vous le souhaitez, j'imagine. Qu'aimeriez-vous changer, si vous le pouviez ?

— Le beurre rance du matin, les tartines n'ont pas bon goût, dis-je timidement.

— Mangez-vous tout de même à votre faim ? Je vous trouve si maigre. Surtout vous, Margarita.

— J'imagine que je suis faite ainsi. Mes parents étaient sans doute petits et maigres eux aussi.

— Détrompez-vous, ma chère !

— Vous avez connu mes parents ? demanda Margarita, l'air inquiet et gonflé d'espoir.

— Pas du tout, je signifiais juste que de grands et forts parents pouvaient donner naissance à de chétives personnes. De nombreux facteurs entrent en compte dans le développement d'un enfant. L'alimentation est essentielle pour bien grandir... et je me demande vraiment si vous mangez à votre faim, Margarita. Vous flottez dans vos vêtements... et vos poignets sont si maigres...

— Margarita a de la chance, elle trouve régulièrement des biscuits dans sa malle et on ne sait même pas qui les lui offre. Elle a de quoi combler ses petits creux, dis-je.

— Vraiment ? s'étonna la grande dame. Vous êtes bien chanceuse, Margarita, mais il faudrait songer à manger plus de soupe également. Cela vous donnerait des forces... et croyez-moi, les femmes ont besoin de forces pour traverser la vie paisiblement.

Lady Bartropp nous félicita aussi d'avoir choisi le chemin de la foi.

— J'espère que vous serez heureuses à l'abbaye. Nous resterons voisines, c'est amusant... remarqua-t-elle.

Nous mourions d'envie, l'une comme l'autre, d'expliquer à Lady Bartropp qu'il s'agissait là d'un malentendu mais nous ne voulions pas paraître mal élevées. Alors nous nous tûmes. Lady Bartropp fit des commentaires sur la beauté du parc, l'intelligence de l'archevêque, la bonté des sœurs. Nous l'écoutions en hochant la tête. Le printemps était revenu mais il faisait très froid et notre lourde jupe plissée ne suffisait pas à protéger nos jambes sans collant. J'avais hâte de remonter dans le car. Lady Bartropp s'assit derrière nous, si bien que je n'osais pas échanger un mot avec Margarita, qui, elle aussi, demeura silencieuse. Lady Bartropp regardait le paysage en souriant. Un sourire figé et pincé durcissant son visage pointu. Son long nez fin avait rougi pendant la promenade. Elle le tamponnait régulièrement à l'aide d'un mouchoir brodé d'un D. Pourtant nous connaissions tous le prénom de notre bienfaitrice : Aglaé. Qui pouvait être ce D ? Lady Bartropp avait-elle un amoureux secret ?

— D comme Dawson, me dit Margarita à l'oreille…
je la vois souvent parler au jardinier… pourquoi
penses-tu qu'elle vienne tous les mardis à l'orphelinat ? En plus, Dawson est bel homme…

— Tu crois ? m'étonnai-je. Mais une Lady ne peut
pas fréquenter un jardinier !

— Tu devrais lire un peu plus, me conseilla Margarita, tu découvrirais que tout peut arriver dans notre
monde.

Elle me fit signe de me taire. Elle craignait que
Lady Bartropp ne nous entende.

De nouveau, les paysages du Finnsbyshire nous
émerveillèrent. Sur les collines s'allongeaient les
ombres longues de la fin d'après-midi. Les moutons
broutaient toujours de tous côtés. Je ne pouvais pas
regretter ce beau voyage ni ce délicieux repas. Jamais
depuis la disparition de mes parents je n'étais sortie
de notre petite ville, tandis qu'avant nous traversions
le pays trois fois l'an en calèche. Mes parents aimaient
voyager. Comme ils n'avaient pas de famille à visiter
pour les fêtes, puisque l'un comme l'autre avaient
coupé les ponts avec les leurs pour des raisons que je
n'avais jamais vraiment comprises, nous pouvions
nous promener où le vent et la fantaisie nous conduisaient. J'étais petite et je ne me souvenais plus de tout

ce que j'avais vécu alors, mais la sensation de liberté et de bonheur intense qui m'enveloppait dès que nous partions à l'aventure était restée en moi comme une provision d'oxygène pour les jours difficiles.

Dawson nous ouvrit le portail de l'abbaye. Margarita me cogna le coude en faisant rouler ses yeux vers Lady Bartropp.

– Observe bien ! murmura-t-elle.

Il était peu convenable de me retourner complètement pour espionner la grande dame. Je fis donc tomber mon châle et jetai un coup d'œil vers l'amante du jardinier. Elle ne semblait pas plus émue ni heureuse qu'avant notre arrivée. Le même sourire figé durcissait toujours son visage.

– Je ne vois rien d'amoureux pourtant, dis-je.

– Elle cache ses sentiments, c'est évident. Regarde, elle est un peu rose tout de même.

– Il fait froid, c'est normal…

Dawson referma le portail et Lady Bartropp lui fit un signe derrière la vitre, un signe de la main sobre et discret ne trahissant pas le moindre élan amoureux. Malgré cela, je finis par croire Margarita. Elle ne démordait pas de cette idée amusante.

– Lors de ma première fugue, je les ai vus tous les deux entrer dans l'église…

– Qu'allaient-ils faire dans l'église ?

– Justement ! C'est bien ça qui me paraît suspect. J'étais dans la crypte. Ils m'ont entendue et sont repartis immédiatement... Tu vois que c'est louche. Ils s'aiment, c'est évident.

– Mais ils ne peuvent pas s'aimer dans une église ! C'est interdit.

– On se marie bien dans les églises... si ce n'est pas de l'amour ça, c'est quoi ?

– Une cérémonie.

Margarita descendit du car et avança vers la salle de lecture en retenant ses larmes. Sa bouche tremblotait. Elle finit par éclater en sanglots.

– Qu'y a-t-il, Margarita ? demandai-je.

– Quand je pense que nous ne pourrons jamais aimer un autre garçon que Jésus... c'est affreux ! Moi qui rêve du Prince Charmant chaque soir...

Je n'eus guère le temps de consoler mon amie, les filles se précipitèrent vers nous.

– Prudence s'est enfuie ! Prudence s'est enfuie ! Et les sœurs ne l'ont même pas retrouvée !

Sœur Ethelred entra dans la pièce juste derrière nous et fut immédiatement informée de la fugue de Prudence par sœur Emma :

– Elle a dit qu'elle allait aux toilettes et elle n'est pas revenue. Cela fait plus de cinq heures maintenant.

L'une des jumelles intervint aussitôt :

– C'est normal, elle n'a fait que mijoter des coups pendables avec Joy et Margarita.

– De quoi parlez-vous ? s'inquiéta sœur Ethelred.

– Je ne sais pas exactement, mais on voit bien qu'elles mijotent toutes les trois.

Sœur Ethelred se tourna vers nous :

– Et de quoi parlez-vous, mesdemoiselles ?

Margarita réfléchit quelques secondes en fixant sœur Ethelred de ses deux grands yeux verts.

– Baissez les yeux, Margarita ! ordonna sœur Ethelred. Quelle insolente !

Margarita s'exécuta et répondit d'une voix timide :

– Nous parlons de Dieu.

– Mon œil ! chuchota Louiséjessalyn.

Sœur Ethelred fit son signe de croix et joignit ses deux mains devant elle.

– Dieu soit loué ! Je me doutais bien que vous ne pouviez pas être mauvaise, Margarita.

Louiséjessalyn se fit priver de dessert. Ce n'était pas juste, certes, mais je finissais par me dire que le mensonge, comme la force dont nous avait parlé Lady Bartropp, était utile pour traverser la vie paisiblement puisque celles qui disaient la vérité étaient systématiquement punies. Le mensonge devenait une force. Mais pourquoi les sœurs ne croyaient-elles jamais ce qu'il aurait fallu croire ? Fallait-il les suivre dans ce chemin ? Fallait-il vraiment croire en Dieu ? Margarita n'avait peut-être pas tort.

— Dieu pourrait-il être un mensonge ? lui demandai-je tandis que toutes les sœurs, le jardinier et Lady Bartropp fouillaient les alentours.

Margarita sourit :

— Bienvenue dans le monde du doute ! Tu vas voir, c'est pas marrant tous les jours… surtout ici.

8

On ne retrouva pas Prudence. Margarita et moi hésitions à indiquer le souterrain aux nonnes. Cet endroit mystérieux était notre abri de rêves et de liberté et nous ne pouvions pas nous en priver en le rendant public. La nuit s'installa très vite. On nous servit une soupe de poisson malodorante et un flan pas assez cuit. Après le repas chez l'archevêque, nos palais ne pouvaient plus accepter de tels mets mais nous devions pourtant nous résigner à la médiocrité des dîners pour ne pas dépérir. Il régnait autour de nous une curieuse ambiance mâtinée d'inquiétude et d'agitation. On aurait pu croire qu'une fête se préparait. Les sœurs trottaient d'une pièce à l'autre en piaillant, le petit chemin de terre était emprunté sans interruption par celles qui étaient chargées de passer le parc au peigne fin, même le jardinier s'était joint aux sœurs pour retrouver Prudence. Lorsque la nuit tomba, il alluma quelques lanternes afin de poursuivre les recherches. Nous observions ces ballets de lumière par la fenêtre du dortoir.

– Regarde qui est à côté de Dawson maintenant, me fit remarquer Margarita.

Je ne distinguai qu'une silhouette mais il me fallut peu de temps pour reconnaître Lady Bartropp. Je poussai un petit cri d'étonnement.

– Tu vois ce que je voulais dire ? poursuivit Margarita en tressant ses cheveux. Elle ne le quitte pas d'une semelle !

June proposa à Margarita de l'aider à se coiffer.

– J'adore tes cheveux ! dit-elle. Tu es si jolie ! On dirait une fée.

Elle caressa la joue de Margarita.

Je fis un clin d'œil à Margarita et lui glissai à l'oreille :

– Et toi, tu vois ce que je voulais dire ?

Elle parut surprise mais elle eut le réflexe de s'éloigner de June.

– Elle ne va pas te manger quand même ! chuchotai-je.

– Moi, je sais où est Prudence, murmura June à l'oreille de Margarita…

– Pourquoi tu n'as rien dit alors ? m'étonnai-je.

– J'ai promis de ne rien dire mais je pense que vous savez aussi où elle est… N'est-ce pas ?

Je hochai la tête :

– Nous avons une petite idée.

– Je m'inquiète… ne devrait-elle pas déjà être rentrée ? Il lui est peut-être arrivé quelque chose dans les catacombes.

Ce dernier mot nous confirma que Prudence n'avait pas su garder notre secret. June faisait désormais partie de notre équipe… mais qui encore Prudence avait-elle mis au courant ? J'enrageais qu'elle n'ait pas su tenir sa langue.

– Prudence n'a rien dit à personne, rassurez-vous ! Je suis son unique confidente, c'est certain, dit June.

Les jumelles s'approchèrent de la fenêtre près de laquelle nous discutions :

– Alors, on mijote un plan diabolique, comme d'habitude ? demanda Louise. Je suis sûre que vous savez où se trouve Prudence.

– Pas le moins du monde ! répondit June en souriant innocemment. Et toi, chère Louise, as-tu une petite idée ?

– J'imagine qu'elle traîne avec Martin, le grand gars de la chorale. C'est évident qu'elle a le béguin. Il habite Abbey Road. Ce n'est pas compliqué de faire un saut chez lui.

– Martin ? m'exclamai-je. Mais tu racontes vraiment n'importe quoi ! Prudence ne s'intéresse pas aux garçons !

June fit un grand sourire, l'air ravi.

– Je voulais dire que Prudence ne s'intéresse pas *encore* aux garçons, précisai-je.

On nous pria de regagner nos chambres. La toilette, les remerciements à Jésus et Lady Bartropp, le bruit sec du disjoncteur : tout se fit en accéléré. Sœur Ethelred était pressée de nous savoir au lit et de pouvoir ainsi continuer à chercher Prudence aux côtés des autres sœurs qui arpentaient le parc et les couloirs.

Comme sœur Ethelred avait demandé à sœur Emma de la remplacer pour surveiller le dortoir et qu'elle n'avait aucune idée précise de ce qu'elle devait faire pour obtenir le silence, nous pûmes aisément chuchoter et mettre au point une descente à la crypte. Sœur Emma s'était assoupie dans la cellule de sœur Ethelred. Elle n'avait pas fermé sa porte, elle ronflotait. Nous entassâmes quelques vêtements sous nos couvertures pour laisser croire que nous étions dans nos lits et nous descendîmes le grand escalier sur la pointe des pieds. Nous avions gardé nos chemises de nuit et enfilé nos manteaux par-dessus. Évidemment, il fallut attendre que les jumelles soient parfaitement endormies et il fallut aussi emmener June !

Mais au bas des marches, nous nous retrouvâmes nez à nez avec Lady Bartropp. Elle sursauta et s'écria :

– Bonté divine, que faites-vous ici ?

Étrangement, elle n'avait pas l'air fâchée. Ses yeux pétillaient. Elle semblait presque contente de nous voir. Margarita bafouilla :

– Nous… nous… nous avions faim, Lady Bartropp, nous allions à la cuisine chaparder un petit morceau de pain. Vous m'avez dit que je devais prendre des forces. Je vous ai écoutée !

– Ah ! C'est donc vous qui chapardez ainsi ! s'exclama Lady Bartropp en souriant. Les sœurs me rapportent des vols fréquents à la cuisine. Je ne savais pas qu'en penser. Ahh ! Je suis rassurée !… et comme je vous comprends, si vous avez faim, il faut manger !

Le mensonge, encore lui, nous permit de nous sortir d'un terrible pétrin. Moi qui n'avais jamais menti jusqu'ici tant la crainte que cela me mène en enfer me paralysait, je réalisais que l'enfer était en fait bien souvent dans l'expression de la vérité et qu'il valait sans doute mieux mentir pour avoir la paix. Margarita avait un sens de l'improvisation et de la répartie assez surprenant. Lady Bartropp parut en vouloir aux sœurs de ne pas nous nourrir suffisamment.

– C'est invraisemblable, je leur verse des sommes tout à fait convenables afin qu'elles vous offrent de bons repas. Je me demande vraiment ce qu'elles font de l'argent.

— Elles se font de bons repas qu'elles ne partagent pas avec nous ! s'exclama June. J'ai vu ce qu'elles mangeaient l'autre jour. C'est bien différent de ce que nous trouvons dans nos assiettes !

Lady Bartropp leva les yeux au ciel. Je ne savais pas si elle en voulait à June d'avoir été impertinente ou s'il en voulait aux sœurs de leur égoïsme. Elle prit Margarita et June par la main et nous conduisit aux cuisines en passant par un couloir cossu que nous n'avions, en règle générale, pas le droit d'emprunter car le sol était en parquet verni et nos chaussures auraient pu l'abîmer. J'avais l'impression de marcher dans un palais princier mais, après tout, nous oubliions trop souvent que nous occupions un manoir.

Lady Bartropp déposa ses gants sur une chaise et ouvrit le garde-manger. Elle nous donna du pain et un délicieux fromage de brebis que l'archevêque avait offert aux sœurs.

— Mais s'il n'est pas pour nous, remarqua Margarita, les sœurs vont nous punir !

Lady Bartropp nous assura de sa protection. Elle s'énervait contre les sœurs Ethelred et Alarice qui, selon elle, ne faisaient pas honnêtement leur travail.

— Et ce sont des sœurs! soupira-t-elle. Je finis par me demander ce que l'on peut attendre d'un être humain «normal». Si une sœur n'est pas charitable, qui peut l'être? Ce n'est pas étonnant que vous fassiez des fugues!

Lady Bartropp nous raccompagna jusqu'au dortoir et nous embrassa le front. Cela faisait si longtemps que je n'avais pas reçu un baiser. Mes parents me manquaient tant. Je repensai aux câlins de Maman et mes yeux se remplirent de larmes.

9

— Psss! fit Margarita. Dès qu'on entend la carriole de Lady Bartropp partir, on redescend, d'accord? On ne peut pas laisser Prudence dans le souterrain!

Nous enfilâmes de nouveau nos grands manteaux mais arrivés au bas de l'escalier je sentis une main sur ma hanche. Je sursautai et retins un cri. Hope, la plus jeune de notre dortoir (elle avait sept ans), nous avait suivies.

— Vous allez où? demanda-t-elle.

— Retourne te coucher! ordonna Margarita.

— Non, je ne veux pas. J'ai fait un cauchemar.

Il y eut un bruit de porte. June nous indiqua un placard dans lequel nous nous cachâmes quelques secondes. Nos cœurs battaient la chamade. Margarita avait mis sa main sur la bouche de Hope pour être certaine qu'elle ne nous trahirait pas. Nous attendîmes un instant mais personne ne vint. Hope se mit à pleurer lorsque Margarita monta le ton pour qu'elle retourne immédiatement dans son lit. Nous n'avions pas le choix, Hope devait nous suivre dans cette aventure. Elle ne cessait de répéter :

— Mais vous allez où ? Mais vous allez où ?

Les sœurs avaient interrompu leurs recherches. Plus personne n'éclairait le parc ni le chemin de sa lanterne. Nous vîmes pourtant passer une silhouette bossue au bout du parc. Dans le doute, j'appelai doucement :

— Prudence ? Prudence ?

Mais la silhouette détala plus rapidement qu'un chevreuil apeuré.

— Un mendiant, sans doute… suggéra Margarita.

La maison de Dawson était encore allumée et on l'aperçut qui circulait devant ses fenêtres. Il fumait sa pipe et me rappela beaucoup mon père. Je crus soudain sentir le parfum délicieux de son tabac caramélisé. Je me dis qu'il était là, avec moi, qu'il me protégeait et que je n'avais rien à craindre. Je poussai la porte de l'abbatiale. Un grincement terrible nous déchira les tympans. Les décharges électriques habituelles sillonnèrent le dessus de mes mains. Il faisait très sombre. Je sentis une petite frayeur se promener en moi. Margarita récupéra une bougie votive qu'un fidèle avait allumée dans la journée. Elle prit aussi des provisions de bougies neuves et m'en confia quatre.

– Une dans chaque main, une dans chaque poche !
ordonna-t-elle.

Hope, elle, ne pouvait en porter que deux car elle n'avait pas mis de manteau sur sa chemise de nuit. D'ailleurs elle grelottait. Elle sanglotait aussi. Hope sanglotait souvent, de toute façon. Ses parents étaient morts d'une terrible grippe l'année passée et elle peinait à se remettre de son chagrin.

– Pourquoi on est venues ici ? J'ai froid… et j'ai faim ! geignait-elle.

Margarita sortit un sablé parisien de sa poche.

– Tiens, c'est mon dernier biscuit, dit-elle.

Hope sécha ses larmes.

– Qui te l'a donné ?

– Personne ne le sait, dis-je. À mon avis, c'est sœur Ethelred qui voudrait bien que Margarita grossisse un peu. Elle passe son temps à lui dire qu'elle est maigre.

Nous étions arrivées devant la petite porte de la crypte. Il ne faisait aucun doute que Prudence était passée par là car elle avait laissé la porte plus ouverte qu'à l'accoutumée.

– Je ne veux pas entrer là ! J'ai les chocottes ! hurla Hope.

– Tu n'as pas le choix, ma grande ! rétorqua June.

La galerie était très étroite et basse de plafond. Une odeur étrange nous saisit immédiatement. Une odeur de terre, d'humidité et de moisi à laquelle se mêlait un fond d'œuf pourri.

Margarita avançait devant, nous suivions en file indienne. Elle prit la précaution d'allumer deux autres bougies pour être certaine de ne pas perdre la flamme et elle nous les confia. June fermait la marche.

— Mais comment fais-tu pour tout prévoir ainsi ? On dirait que tu as déjà vécu des aventures semblables ! dis-je.

— Je lis, ma grande, je lis beaucoup. Grâce aux livres, j'ai vécu des centaines de vies d'exploratrice et d'aventurière.

— Où allons-nous ? demanda Hope.

— Je nous conduis à la première bifurcation. Nous tournerons à gauche. Si nous continuons tout droit nous ressortirons sous l'autel de l'abbatiale. Ça n'a aucun intérêt.

Deux souris paniquèrent en apercevant nos bougies. Elles grimpèrent sur le granit du tunnel et couinèrent à plusieurs reprises comme si elles souhaitaient avertir leurs congénères de notre présence.

— Je déteste les souris, sanglota Hope, que nous avions placée entre June et moi.

Arrivée devant la bifurcation, Margarita fit une halte.

— Nous pourrions aussi tourner à droite juste un

peu plus loin, mais comme il faut faire un choix, j'ai choisi la gauche. J'ai toujours préféré la gauche à la droite... probablement parce que je suis gauchère, dit-elle.

Le couloir semblait encore plus étroit, les murs suintaient, d'autres souris détalèrent à notre vue. L'odeur désagréable se faisait plus intense. Mon cœur battait de plus en plus fort mais j'essayais de rester courageuse pour ne pas inquiéter Hope davantage. Une centaine de mètres plus loin, nous dûmes emprunter un escalier, également taillé dans la roche. Ces cinq ou six marches aboutirent à un autre couloir puis à une sorte de petite place sur laquelle trônait curieusement un vieux fauteuil.

— Des gens sont venus ici ! remarquai-je.

— Évidemment, ma grande ! Sinon, cet endroit n'existerait pas.

Quand j'avais très peur, je priais pour que mes parents viennent à ma rescousse. J'avais envie d'appeler Maman.

— Qui appelles-tu quand tu as peur ? demandai-je à Margarita. Qu'est-ce qu'on crie quand on n'a pas de maman et qu'on ne croit pas en Dieu ?

— Tu crois que c'est vraiment le moment de te poser des questions pareilles, ma grande ? me fit remarquer Margarita.

— Pourquoi tu n'arrêtes pas de nous appeler « ma grande » depuis tout à l'heure ? dis-je.

Margarita ne répondit pas. Elle s'assit sur le fauteuil poussiéreux. Juste derrière elle, se souleva une trappe qui débouchait sur un deuxième escalier, en colimaçon, éclairé par des centaines de bougies allumées dans de petits pots de verre.

— J'ai trop la trouille, je n'y vais pas ! déclarai-je.

— Tu veux laisser Prudence dépérir ici ? demanda Margarita.

— Qui te dit qu'elle a tourné à gauche, comme nous ? demanda June.

— Qui vous dit qu'elle est dans le souterrain ? ajouta Hope. On va se faire punir demain. Je ne veux pas être punie. Je veux rentrer ! En plus j'ai envie de faire pipi.

Elle se mit à hurler :

— Je veux rentrer ! Je veux rentrer ! Je vais faire dans ma culotte.

Elle trépignait. Elle agitait les bras dans tous les sens comme un chef d'orchestre.

— Vous êtes complètement maboules, toutes les trois. Vous ne m'êtes d'aucune aide ! s'écria Margarita.

Elle fit mine de ne pas s'intéresser à Hope. Elle descendit doucement l'escalier, sur la pointe des pieds. Elle avait tourné et je ne la voyais plus. Hope poursuivait malgré elle son grand numéro. Il m'apparut qu'elle paniquait vraiment et qu'elle ne savait plus ce qu'elle faisait. Je la pris dans mes bras et la serrai fort. Elle respirait très vite.

— Je veux ma maman, dit–elle. Pourquoi elle n'est plus là ?

— Elle est dans ton cœur, elle est là avec nous, elle nous surveille de là-haut, ne t'inquiète pas, répondis-je gentiment.

— Ouahhh ! s'écria Margarita du bas de l'escalier. Descendez, les filles ! C'est incroyable !

Hope resta collée à moi tel un arapède sur un rocher. Il était difficile de mettre un pied devant l'autre avec ce fardeau accroché à ma jambe. Je finis par la prendre dans mes bras.

L'escalier débouchait sur une immense salle voûtée. Au sol, des dizaines de tapis recouvraient la terre battue. De grands chandeliers bordaient les murs et des tableaux gigantesques décoraient les murs. Ils représentaient des flammes. Une inscription latine était peinte en lettres géantes et tarabiscotées sur le mur. Margarita la traduisit sans problème :

— Il est écrit : «Ta force me réchauffe.» C'est normal, on est sous une église quand même… c'est sûrement de Dieu qu'on parle. Il s'agit peut-être d'une ancienne salle de réunion pour les gens d'église.

Je n'avais pas envie de m'attarder ici, pourtant Margarita nous y obligea.

— Prudence ! s'écriait-elle. Où es-tu ?

Elle tâtait les murs et soulevait les tapis, pensant découvrir une ouverture. L'odeur était encore plus terrible qu'à l'étage au-dessus, il faisait trop chaud, comme si le feu des tableaux avait chauffé la salle, je respirais mal. Je commençais à remonter l'escalier mais Margarita s'exclama :

— Prudence est peut-être retenue prisonnière derrière cette porte et toi tu t'en vas ! Vive la solidarité et vive l'amitié !

— Mais nous ne pouvons rien faire. C'est évident. Il faut se dire que parfois on est inutile. C'est comme ça, la vie.

— Tu ne seras pas plus utile dans ton lit ! remarqua Margarita

— Non, mais au moins je serai plus rassurée qu'ici, insistai-je.

June ne savait pas vraiment qui suivre. Elle essayait d'être courageuse et de plaire à Margarita, mais je sentais bien qu'elle rêvait de revenir au dortoir.

Hope sautait d'une jambe sur l'autre depuis quelques minutes.

— S'il vous plaît, on peut rentrer ! Je n'en peux plus. Je vais faire pipi dans ma culotte.

Je pris Hope par la main et nous remontâmes vers la surface, suivies par June et Margarita qui pestaient contre nous.

— Pff! Bande de lâches!

Elle prit soin de remettre les bougies votives à leur place.

Nous fîmes de nouveau grincer la lourde porte. Le parc était très sombre et le vent glacé. Dawson avait dû se coucher, toutes les lumières chez lui étaient éteintes. Celles de l'orphelinat aussi. Nous remontâmes à tâtons. Hope fit un arrêt aux toilettes et ressortit en courant.

— Je ne veux pas y aller toute seule. Il y a quelqu'un dans les autres toilettes. J'ai entendu tousser.

Prudence sortit juste derrière Hope. Elle avait l'air endormi.

— Tu es rentrée! Dieu soit loué! s'exclama Margarita.

— Tu loues Dieu maintenant? Tu ne sais pas trop à quoi tu crois en fait? dis-je en riant.

J'embrassai notre amie. J'étais si contente de l'avoir retrouvée. Nous attendîmes Hope une minute pendant laquelle Prudence ne dit presque rien.

— On revient du souterrain. On te cherchait! raconta Margarita.

— Moi aussi, je reviens du souterrain.

— Tu avais bifurqué à droite ou à gauche, en entrant par la crypte ?

— À droite.

— Qu'est-ce qu'il y a, à droite ?

Prudence regardait dans le vague.

— Pas grand-chose, je vous raconterai demain, je suis si fatiguée.

Elle nous précéda pour remonter au dortoir. Elle s'accrochait à la rampe et se hissait difficilement. Elle semblait vraiment épuisée. Sœur Ethelred avait dû reprendre sa place car sa cellule était fermée. Avant d'entrer dans la salle, je m'étais assurée que Hope ne raconterait rien le lendemain.

— Je ne suis pas folle, je ne veux pas être punie ! avait-elle rétorqué.

10

Au petit déjeuner, comme d'habitude, le beurre était rance et le pain trop dur, mais une ambiance particulière régnait dans le réfectoire. Dès son réveil, Prudence avait été convoquée par sœur Alarice. Surveillées par quatre sœurs qui avaient pour mission de ne laisser sortir personne du réfectoire, nous attendions anxieusement son retour. Le pensionnat commençait à ressembler à une prison.

Prudence revint. Elle s'assit à table et nous fit un petit signe de la main.

— Alors ? demandai-je tout bas.

— Alors rien, dit-elle, l'air absent.

— Tu n'es même pas punie ?

— Si, mais je m'en fiche : plus de promenade, plus de dessert, plus de livres, plus de chorale pendant un mois.

— Qu'est-ce qu'il va te rester ? m'inquiétai-je.

— Je m'en fiche, répéta-t-elle seulement.

Les jours suivants, Prudence demeura silencieuse. Elle avait sûrement reçu un choc. Elle ne s'intéressait plus à nous, évitait systématiquement le sujet du souterrain et passait des heures à tourner autour du cerisier de la cour. Sa main frôlait le tronc, son regard s'égarait.

Elle n'avait pas l'air triste, pas l'air gai non plus. Elle n'avait juste plus l'air de rien. Ses sentiments avaient disparu dans les catacombes. Elle fonctionnait comme une machine. Pourtant, elle semblait s'user à réfléchir, elle fronçait les sourcils et se mordait la joue en marchant.

— Qu'est-ce qui te préoccupe ainsi ? demanda Margarita.

— Rien, dit encore Prudence.

« Rien » était devenu sa réponse à presque toutes les questions.

Hope se joignit à nous et demanda qui habitait dans le souterrain.

— Je n'en ai aucune idée, répondis-je. Et toi, Prudence ?

— Rien, fit-elle.

Je m'énervai :

— Mais enfin, ce n'est pas une réponse. Secoue-toi ! Réveille-toi ! On dirait que tu es hypnotisée !

J'avais gardé une poire dans ma poche pour la lui offrir. Je la lui tendis.

– J'ai pas faim, dit-elle. Merci.

Ses yeux semblaient plus grands et plus bleus. Elle observait quelque chose en elle. Quelque chose d'un peu effrayant.

Même pendant la classe, elle ne se comportait plus normalement. Elle n'était pas du tout à ce que nous apprenions. Sœur Bettina la punit parce qu'elle n'avait pas appris ses leçons, parce qu'elle n'écrivait plus rien sur son cahier, parce qu'elle perdait le fil de sa lecture à haute voix et emmêlait les mots dans ses récitations. Mais cela ne modifia en rien son comportement. À quoi peuvent bien servir les punitions, de toute façon, à part faire plaisir à celui qui les donne ? Prudence en avait reçu tellement que sa vie n'était désormais qu'une série d'interdictions et de privations.

– C'est l'enfer ! murmurait-elle en regardant droit devant elle.

Elle ne mangeait plus et maigrissait à vue d'œil. Les sœurs ne semblaient pas porter d'intérêt à la souffrance ni à la dégradation rapide de l'état de notre amie. Elles s'attachaient à lui rappeler qu'elle ne viendrait pas se promener avec nous – comment aurait-elle pu, de toute façon ? Elle était si faible – ou encore,

elles la laissaient patienter à l'extérieur de la bibliothèque lorsque nous choisissions des livres. Elles
s'acharnaient contre elle alors qu'elle avait besoin de
réconfort. Sa visite du souterrain l'ayant exténuée,
Prudence se laissait faire. Mais que s'était-il vraiment
passé du côté droit ?

— La droite rejoint la gauche, susurra-t-elle un
jour.

Ce fut la seule information que nous obtînmes de
sa part. Et encore, nous n'étions pas certaines qu'elle
parlait du souterrain car, en disant cela, elle avait joint
ses mains et effectivement, à cet instant, sa droite avait
rejoint sa gauche.

June voulait consoler Prudence. Elle la prenait
dans ses bras et lui chantait des berceuses. Elle restait
assise au bout de son lit chaque soir avant que sœur
Ethelred n'abaisse la manette de l'interrupteur.

Évidemment, un matin, pendant la récréation, les
jumelles ne se privèrent pas de l'accabler de commentaires désagréables et déplacés.

— Tu ne serais pas amoureuse de Prudence, par
hasard ?

Puis encore :

— Tu sais que deux filles ne peuvent pas s'aimer ?

— Tu sais que c'est un péché d'aimer une fille ? Tu
iras en enfer.

— Nous sommes déjà en enfer, dit Margarita. Regardez comme cette pauvre Prudence souffre et comme les sœurs la laissent dépérir.

Les jumelles firent leur signe de croix et coururent vers sœur Ethelred.

— Margarita dit que nous sommes en enfer. Margarita dit que nous sommes en enfer !

Margarita fut immédiatement convoquée dans le bureau de sœur Alarice. Elle nous raconta qu'elle n'avait pas ouvert la bouche et que sœur Alarice s'était emportée en lui ordonnant de répondre à ses questions.

— Je savais bien qu'il était inutile de répondre puisque ici la vérité est toujours sanctionnée, expliqua-t-elle.

— Tu aurais pu mentir, proposai-je. D'habitude, tu ne te gênes pas.

— Si j'avais menti cette fois, elle m'aurait accusée de la même façon parce qu'elle croit souvent les jumelles. Elle croit toujours les délatrices, de toute façon.

— Alors, elle t'a punie ? demanda Louiséjessalyn en souriant.

— Non.

Elle expliqua que sœur Ethelred était entrée dans la pièce. Elle avait glissé un mot à l'oreille de sœur Alarice. Un mot qui avait immédiatement calmé sa tempête. Lady Bartropp était entrée à son tour, accompagnée de deux domestiques. Elle apportait des caisses de fruits du verger du château de Sulham. Elle avait demandé à Margarita si tout allait bien et sœur Alarice avait rétorqué avec un grand sourire hypocrite : «Tout va très bien, nous faisions justement le point avec Margarita. »

– J'ai eu chaud ! Il m'a semblé que sœur Alarice redoutait énormément Lady Bartropp, expliqua Margarita.

– C'est normal ! Mon papa disait toujours « Il ne faut pas mordre la main de celui qui vous nourrit », remarquai-je. Cette dame ne veut pas qu'on nous maltraite… mais c'est elle qui finance l'orphelinat et l'entretien de l'abbaye… Elle est inmordable !

– Joy ! Tu as vraiment mûri d'un seul coup ! Tu m'épates ! s'exclama Margarita.

Je me réjouissais de ces compliments. Personne ici ne s'exprimait jamais sur les progrès des autres. Margarita trouvait des mots de mère, de père, de sœur, de tout ce qui me manquait. Je me tournai vers Prudence en souriant fièrement. J'avais oublié un instant qu'elle ne pouvait plus réagir, que son âme avait autant maigri que son corps, qu'il ne restait d'elle qu'une silhouette craintive et affaiblie. Une ombre angoissée. Je ne savais même pas si elle avait entendu notre conversation. Elle se balançait d'avant en arrière en fredonnant une comptine.

Lorsqu'elle quitta le muret sur lequel nous nous étions assises pour discuter sans être dérangées, elle tituba quelques instants, porta la main droite à sa nuque, la main gauche à son front, bafouilla quelques mots incompréhensibles et s'écroula sur les larges dalles du couloir.

– Prudence ! Prudence ! hurla Margarita.

Mais notre amie gisait là, livide, inanimée. Elle s'était esquinté le menton en tombant. Un filet de sang ruisselait sur son cou.

Je courus chercher sœur Ethelred. Quatre nonnes transportèrent la blessée à l'infirmerie. C'était une infirmerie sans infirmière. On y trouvait une trousse de secours, un bureau et de quoi se reposer. Prudence reprit connaissance lorsqu'on l'installa sur le lit. Elle ouvrit les yeux mais ne dit rien.

– Dieu soit loué, vous allez mieux ! constata sœur Ethelred en se signant.

Elle sortit un sucre d'une vieille boîte en fer et le tendit à Prudence, puis elle lui tamponna le menton et nettoya les traces de sang sur son visage et son cou.

– Seriez-vous indisposée ? demanda la sœur.

Margarita répondit à la place de Prudence qui restait muette.

— Elle ne sait pas encore de quoi vous parlez, ma sœur.

— Qu'en savez-vous, vous ?

— Je suis plus âgée, voilà tout.

— Mais que savez-vous de la vie intime de votre amie ?

— Je sais qu'elle n'est pas encore une femme, qu'elle est triste, qu'elle souffre et que personne ne fait rien ici pour l'aider, s'agaça Margarita.

— Taisez-vous !... petite impertinente... et laissez-nous ! Allez, filez avant que je vous punisse... et vous aussi, Joy, ne restez pas là !

Nous étions prêtes à partir, je reculais vers la porte lorsque la voix tremblante de Prudence nous glaça le sang.

— Si ! Restez là ! ordonna-t-elle. J'ai si peur.

— Vous êtes ridicule, Prudence ! remarqua sœur Ethelred. De quoi avez-vous peur ? Elle s'adoucit. Vous êtes en sécurité ici. Sœur Emma va rester à vos côtés. De quoi avez-vous besoin, ma fille ?

— Je veux une maman ! sanglota Prudence.

— Il ne faut tout de même pas exagérer, dit sœur Ethelred. Là, vous me demandez la lune.

— Pas la lune... juste une maman, chuchota Prudence, à bout de forces.

— Pensez-vous qu'elle ait de la fièvre ? demanda

sœur Ethelred à sœur Emma, qui avait un diplôme de secourisme.

— Son pouls est très lent. Elle n'a pas de fièvre, affirma sœur Emma. Mais elle est particulièrement maigre, chuchota-t-elle.

— C'est sans doute sa nature, rétorqua sœur Ethelred.

— Pas vraiment ! lança Margarita. Prudence était la plus costaude de nous trois. Elle dépérit, voilà tout, parce que vous ne faites pas attention à elle.

Sœur Ethelred pointa son doigt vers la porte et nous ordonna ainsi de quitter immédiatement la pièce. Ses sourcils se croisaient comme deux armes tranchantes, les rides hachuraient le tour de sa bouche et son front tant elle crispait son visage en colère.

Qu'il était difficile d'obéir à cette femme alors que les yeux paniqués de Prudence nous suppliaient de ne pas partir. Pour exprimer son désaccord, Margarita ne bougea plus. Sœur Ethelred fit donc la même chose, persuadée que nous finirions par craindre son autorité. Son doigt resta pointé dans la même direction, sa rage s'exprimait encore aussi violemment sur son visage froissé. Ce fut une guerre immobile et silencieuse à laquelle je participai également puisque je m'assis à côté de Prudence. Je ne sais pas combien de temps Ethelred et Margarita restèrent ainsi figées et muettes. Le temps s'arrêta de longues secondes jusqu'à ce que sœur Ethelred finisse par baisser le bras et sortir de la pièce en grognant. Margarita sourit. Prudence tenta de déposer un baiser sur ma joue mais elle n'eut pas la force de se relever suffisamment pour atteindre mon visage. Sœur Emma vaquait à ses occupations, l'air absent. Notre attitude ne semblait pas la déranger. Un peu plus tard, sœur Alarice entra dans la pièce en claquant des mains.

– Allez, hop, mesdemoiselles, on ne reste pas ici ! dit-elle.

– Nous ne voulons pas laisser Prudence ici, dit Margarita.

Sœur Alarice n'hésita pas un instant. Elle semblait agacée et pressée et souhaitait régler notre problème le plus rapidement possible.

– Eh bien, dans ce cas, Prudence retournera au dortoir avec vous. Qu'on la couche dans son lit et qu'elle s'y repose ! dit-elle en repartant.

11

Prudence ne parvenait plus à marcher. Elle regagna donc son lit sur les épaules de Dawson. Nous l'avions aperçu par la fenêtre de l'infirmerie et Margarita n'avait pas hésité à courir lui demander de l'aide. Dawson était grand et costaud. Il n'eut aucun mal à porter notre amie. Nous croisâmes sœur Ethelred dans les couloirs et le jardinier lui conseilla de faire venir un docteur. Mais sœur Ethelred ignora ses conseils et poursuivit son chemin. Je l'entendis marmonner :

— Un docteur… Pfff! Et puis quoi encore!

Les jours suivants, les sœurs imposèrent à Prudence de prendre ses repas à table alors qu'elle en était incapable. La malheureuse ne pouvait même plus se rendre aux toilettes sans notre aide. En cachette, nous lui remontions à manger du réfectoire. Prudence n'avait cependant plus la force de manger.

Un soir où les jumelles étaient encore à la salle de bains et, par conséquent, incapables de nous entendre et de nous faire punir, Margarita finit par prendre le taureau par les cornes.

– Écoute-moi, Prudence, je ne vais pas y aller par quatre chemins. Tu te laisses mourir. Ça ne peut pas durer comme ça ! Il faut réagir ! Il faut que tu vives. Je t'aime, moi, je n'ai pas envie que tu partes. Je sais bien que tu voudrais une maman pour t'aider à guérir et que personne ne pourra satisfaire ta demande… mais tu nous as nous, Joy, June, Hope et moi… Nous sommes tes sœurs, tes mamans. Dis-moi ce qu'il s'est passé dans le souterrain, dis-moi ce qu'il t'arrive pour qu'on puisse te sortir de là.

– Ça ne changera rien. Vous n'y pourrez rien…

Margarita insista tant et tant qu'elle finit par obtenir quelques détails sur l'escapade de Prudence.

– Il m'a touché ! dit Prudence. Là ! Elle montra son poignet gauche sur lequel j'aperçus une petite cloque, une sorte de brûlure. Quand on est brûlé, on lui appartient… C'est lui qui l'a dit. Il prend mon énergie…

Elle s'assoupit quelques secondes.

Margarita leva les yeux au ciel.

– Je ne comprends rien. Est-ce que tu dérailles ? Tu m'inquiètes.

Elle secoua la main molle de Prudence.

— Prudence! Prudence! Réponds-moi, bon sang!

— Je n'en peux plus... dit-elle.

Dans le lit voisin, Hope se mit à pleurer.

— Elle est en train de mourir, dit-elle. Moi, je n'en peux plus que les gens meurent.

Margarita secoua la tête, l'air agacé et volontaire. Elle ouvrit sa malle et en sortit une tranche de pain d'épice.

— Prudence! Mange ça! C'est un ordre. Tu n'as rien avalé depuis deux jours, tu tombes d'inanition.

Prudence croqua deux minuscules bouchées, puis deux autres, un quart d'heure plus tard. Elle reprit quelques forces grâce à cela.

Sœur Ethelred actionna le disjoncteur. Juste avant que je m'endorme, Prudence me rappela à son chevet. Je la rejoignis à tâtons.

Elle murmura :

— C'est un dingue, celui qui m'a brûlé... un fou dangereux... Si vous descendez, il vous fera la même chose... C'est un monstre... tu sais... Elle éclata en sanglots... Je veux juste une maman pour me proté-ger... je veux qu'elle soigne ma brûlure.

Je serrai Prudence dans mes bras. Je sentis ses larmes chaudes ruisseler dans mon cou, puis elle s'endormit, comme un bébé, la tête posée sur mon épaule. Comme je ne voulais pas bouger pour éviter de la réveiller, je finis par m'assoupir sur son lit. Au petit matin, je me retrouvai grelottante sur le sol. Je regagnai mon lit en claquant des dents. Un quart d'heure plus tard, alors que je commençais à peine à me réchauffer, sœur Ethelred actionna le disjoncteur.

— Bonjour mesdemoiselles. Remerciez le ciel pour la bonne nuit que vous venez de passer et levez-vous rapidement et en silence.

— Mais c'est dimanche ! s'exclama Regina, la plus paresseuse d'entre nous. D'habitude vous nous laissez dormir une heure de plus.

— D'habitude ! Mais pas aujourd'hui. Nous avons besoin de votre aide pour nettoyer l'église. La cousine de Lady Bartropp va se marier chez nous la semaine prochaine. Tout doit être propre comme un sou neuf ! Nous comptons sur vous ! expliqua sœur Ethelred.

— Et Prudence ? Qui va s'occuper d'elle si nous allons toutes à l'église ? s'inquiéta Hope.

— Sœur Jennifer veillera sur elle, répondit notre tutrice.

— Quelle horreur ! chuchota Margarita. On ne va pas la laisser avec cette voleuse. Elle serait capable de lui piquer les petites provisions qu'on a remontées du réfectoire.

Margarita emballa discrètement la pomme, le croûton de pain et la tranche de fromage de la veille dans une serviette et les cacha sous l'oreiller de Prudence.

– Si tu as faim, tu as ce qu'il faut là-dessous, murmura-t-elle. On revient vite, tu n'as rien à craindre.

Prudence fut alors prise d'une terrible crise de panique. Elle tremblait, pleurait, ouvrait de grands yeux épouvantés, se recroquevillait comme si on lui donnait des coups de couteau dans le ventre.

– Ne partez pas, je vous en prie, nous supplia-t-elle.

Sœur Ethelred s'approcha d'elle.

– Vous n'avez rien à craindre, Prudence. Sœur Jennifer reste à vos côtés.

– Je veux mes mamans ! sanglota-t-elle. Je vais mourir ! Je veux qu'on me tienne la main !

Sœur Ethelred soulevait les sourcils et resserrait sa petite bouche, l'air à la fois contrarié et étonné.

– Mais enfin, mon petit, vous n'allez pas mourir, dit-elle.

– Vous n'en savez rien, vous ne savez même pas quand les gens sont tristes, répondit la malade, à bout de souffle.

12

Nous dûmes abandonner Prudence à sœur Jennifer alors que personne n'avait jamais pu compter sur elle. Certaines sœurs prenaient le voile parce qu'elles ne pouvaient pas faire autre chose de leur vie. Il ne s'agissait pas d'un choix spirituel mais d'une sorte de placement social. Dieu les prenait sans doute sous son aile pour leur éviter de devenir des mendiantes ou des malades mentales internées à l'asile. Ces pauvres filles-là n'apportaient en général que des soucis à leur communauté mais elles étaient bien la preuve que la charité chrétienne n'avait pas de limites. Les sœurs faisaient d'ailleurs en sorte d'ignorer les faiblesses, la bêtise ou la folie de leurs collègues de façon à ne jamais se fâcher contre celles qui l'auraient mérité. C'est sans doute parce qu'elles feignaient ainsi de s'entendre toutes à merveille qu'elles trouvaient toujours tant de choses à nous reprocher. La colère et l'agacement ne sont jamais volatils. Ils ressortent toujours d'une façon ou d'une autre, souvent là où on ne les attend pas.

Personne ne pouvait aimer sœur Jennifer. Son tempérament simplet n'avait rien d'attendrissant tant son fond était fourbe et égoïste. Sœur Jennifer avait en permanence l'angoisse de manquer et d'être lésée. Même à l'église, elle communiait parfois trois fois de suite pour avoir plus d'hosties que les autres. Les jours de messe nous avions du mal à retenir nos fous rires dans l'abbatiale. Il est vrai que les raisons de s'amuser étaient très rares à l'orphelinat et qu'aucun détail risible ne nous échappait.

Ce matin-là, rien n'aurait pu nous faire sourire. Sœur Jennifer n'avait aucune compassion pour ses pairs, aucun amour, aucune générosité. Elle s'était assise sur une chaise à côté de Prudence mais elle n'avait sans doute pas remarqué l'immense faiblesse de notre amie. Elle ne faisait pas la différence entre un rhume et une agonie. Elle ne pourrait certainement pas réconforter Prudence ni lui apporter les soins nécessaires à son rétablissement.

L'angoisse de ne plus jamais revoir notre amie vivante ne nous quittait pas.

On nous confia des balais, des plumeaux, des chiffons, des pots d'encaustique. Les sœurs Ethelred et

Wilhimina supervisaient notre travail de femme de ménage. Sœur Wilhimina était moins sévère que sœur Ethelred mais elle se forçait à être autoritaire parce qu'on le lui demandait. Elle était dodue et se déplaçait peu, alors que sœur Ethelred, elle, arpentait l'église à grandes enjambées pour être partout à la fois et veiller à ne pas laisser passer une minute de paresse. On m'avait chargée d'épousseter l'autel. Margarita, elle, faisait reluire les chaises à l'autre bout de la nef, quant à June, elle nettoyait un vitrail, perchée sur une échelle, tandis que deux de nos jeunes amies tenaient son échelle en grimaçant pour signifier leur souffrance à la tâche. La souffrance était obligatoire dans nos vies de bonnes chrétiennes. Parfois, nous devions la simuler pour obtenir les bonnes grâces de sœur Ethelred. D'ailleurs, elle encouragea les petites en souriant, l'air compatissant :

— Tenez bon, les filles, tenez bon ! Et vous, June, ne lésinez pas sur le vinaigre. Nous voulons des vitraux étincelants !

Sous l'autel, j'étais tentée de soulever le tapis. Il devait recouvrir la trappe d'accès au souterrain dont m'avait parlé Margarita. J'aurais pu m'éclipser toute seule à ce moment mais je redoutais de me retrouver nez à nez avec l'homme monstrueux que nous avait décrit Prudence. Cependant, je m'accroupis un peu plus pour retirer quelques toiles d'araignée et mon plumeau buta sur une petite bosse instable. Elle déformait l'angle gauche du mur de l'autel. Une sorte de brique descellée plus épaisse que les autres. Je me mis à quatre pattes et tendis le bras pour tâcher de comprendre ce qui avait été entreposé là et découvris un paquet emballé et ficelé dans un vieux papier journal. Le paquet était recouvert de poussière sableuse et humide. Je l'époussetai et le coinçai dans la ceinture de ma jupe. Mon gros pull recouvrait parfaitement l'objet.

Sœur Ethelred passait derrière nous et vérifiait la propreté de chaque centimètre carré. Comme nous n'étions pas autorisées à parler dans l'église, elle chuchotait :

– Je ne veux pas voir un brin de saleté, mes filles. Tout doit être parfait pour la famille Bartropp.

Soudain, Louiséjessalyn se précipita vers elle. Elle remontait de la crypte qu'elle venait de balayer. Elle chuchota aussi :

– Sœur Ethelred, pourquoi la petite porte au fond de la crypte est entrouverte ?

– Pour faire parler les curieuses ! Retournez à votre travail !

Louiséjessalyn insista :

– Mais qu'y a-t-il derrière la porte ?

– De vieilles caves inutilisées. Rien d'intéressant en tout cas. Personne n'y va jamais. Il n'y a même pas d'électricité. D'ailleurs, je devrais suggérer à sœur Alarice de demander à Dawson de réparer le verrou de cette porte. Ça ferait plus propre pour le mariage. Allez, allez ! Assez bavardé ! À vos balais, pipelettes !

Je fis mine d'accomplir mes tâches ménagères avec application et souffrance mais je ne nettoyais plus grand-chose. J'avais hâte de sortir de l'église, hâte d'annoncer à Margarita que notre passage principal allait bientôt être condamné, hâte de découvrir ce qui se cachait dans le petit paquet et surtout hâte de retrouver Prudence.

Mais Ethelred et Wilhimina firent durer leur plaisir de petit chef et d'inspectrice. Elles trouvaient toujours une poignée de porte à nettoyer, une statue à faire reluire, une chaise à cirer... Nous étions épuisées, nous avions faim, nous levions toutes les yeux au ciel, mais le ciel ne nous regardait pas... Comment Jésus pouvait-il supporter de nous voir nous épuiser ainsi ? Qu'allions-nous recevoir en échange de ce travail épuisant ?

– De la cervelle d'agneau ! s'exclama sœur Wilhimina lorsqu'elle nous conduisit enfin au réfectoire. Pour vous féliciter d'avoir bien travaillé, nous vous avons préparé de la cervelle !

Je refusai d'avaler mon repas. Le cerveau flottant dans mon assiette creuse ne m'inspirait que du dégoût. La moitié des filles grimacèrent aussi, se contentant d'un morceau de pain dur et des panais qui accompagnaient l'objet de notre nausée.

Les opposantes au menu du jour furent privées de dessert.

– Si vous aviez vraiment faim, vous mangeriez le plat principal sans rechigner, déclara sœur Ethelred. C'est dommage, nous avions prévu des crèmes au chocolat pour vous...

En fait Margarita eut vite fait de réaliser qu'une petite dizaine de crèmes seulement avaient été préparées en cuisine et que les sœurs avaient surtout prévu de nous priver à tout prix de dessert.

Louiséjessalyn bénéficia du menu complet, Laura, Page et Kimberley aussi... mais cette dernière avait triché pour obtenir une crème chocolatée. Elle avait discrètement déposé la cervelle dans la partie pointue de la capuche de sa cape. Elle n'avait que huit ans mais déjà un sens exacerbé de la débrouillardise. Kimberley était aussi une chapardeuse fort adroite. Nous n'hésitions pas à l'envoyer voler quelques morceaux de sucre à la cuisine. Ces missions lui plaisaient et elle les réalisait à merveille. Elle savait se faire transparente, marcher sans bruit, ramper sous les tables, les lits, les bureaux. Plus les mois passaient et plus nous lui reconnaissions des talents très utiles à notre groupe d'enfants maltraitées.

Margarita, June et moi nous pressâmes de retrouver Prudence dès que cela fut possible. Sœur Jennifer s'était endormie sur sa chaise, Prudence également se reposait.

– J'espère qu'elle n'est pas dans le coma, dit June.

Prudence ouvrit un œil.

– Salut les filles ! dit-elle faiblement.

Sœur Jennifer sursauta, bâilla, se frotta les yeux et disparut en protestant :

– Il était temps ! Ça fait plus d'une heure que je rêve d'aller déjeuner. On se fiche de moi ici. C'est pas permis !

Dès qu'elle fut dans l'escalier, je sortis de sous mon pull le paquet trouvé sous l'autel. Sous le papier journal, je découvris un très vieux manuscrit cartonné, semblable à un livre, sans titre ni sur la couverture ni à l'intérieur. Le papier des pages se cassait facilement lorsqu'on les tournait. L'histoire commençait par une sorte d'enluminure représentant un feu de joie autour duquel dansaient des enfants. Je lus :

– Chapitre un, mince ! C'est du latin ! J'y comprends pas grand-chose !

Margarita me supplia de la laisser lire la première.

– Oh! S'il te plaît! Moi, je comprends et j'adore ça! S'il te plaît!

– C'est mon trésor, dis-je. Je ne voudrais pas le découvrir après toi... tu comprends.

Margarita s'assit sur son lit sans rien dire.

– À mon avis, elle boude, dit June.

– À mon avis, je boude, ajouta Margarita. Mais ça ne va pas durer. Tu finiras par me demander de l'aide. Tu n'as pas le choix! Mais avant tout, nous devons sauver Prudence.

Elle sortit de sa capuche un pot de crème au chocolat et le tendit à Prudence.

– Tu pourras remercier Kimberley. C'est vraiment une merveilleuse voleuse! déclara-t-elle.

Je repris la lecture de mon premier chapitre tandis que Prudence avalait de minuscules cuillerées d'entremets. Mais je n'y comprenais vraiment rien. Je tournai les pages et m'aperçus que seules les dix premières pages du livre comportaient un texte. Le reste était une succession de pages blanches... plutôt jaunes.

– Si ça se trouve, le reste est écrit à l'encre invisible, proposa June.

Margarita sourit.

– Toi, tu as lu *Le scarabée d'or*, d'Edgar Allan Poe... C'est sans doute le seul livre de notre bibliothèque qui parle d'encre invisible... « *Le safre, digéré dans de l'eau régale et délayé dans quatre fois son poids d'eau ; il en résulte une teinte verte.* » « *Le régule de cobalt, dissous dans l'esprit de nitre, donne une couleur rouge.* »

— Ouaaahh ! Tu connais tous les livres de la bibliothèque par cœur ?! s'exclama June. Tu es vraiment... un peu... spéciale... (Elle fit une grimace inquiète.) Et oui, tu as raison, j'ai lu cette nouvelle la semaine dernière.

Margarita approcha le livre de l'un des gros cierges à la citronnelle qui brûlaient chaque dimanche dans le dortoir pour rendre grâce au Seigneur, désodoriser l'air trop humide et éventuellement tuer les moustiques qui trouvaient ici, dès les beaux jours, des mètres carrés de peau tendre à piquer. Elle chauffa une page au hasard, puis une dizaine d'autres.

— Pas d'encre invisible, il me semble ! Ou alors ici, le révélateur n'est pas la chaleur. Tu permets ? me demanda-t-elle.

— Je permets quoi ?

— Tu me laisses traduire ce qui est écrit ?

— Vas-y puisque tu insistes... dis-je, l'air désabusé.

Je haussai les épaules. J'étais forcée de perdre cette petite bataille pour en apprendre plus.

Elle traduisit lentement, butant, hésitant sur quelques mots :

– Ce qu'il faut savoir avant tout : j'ai vécu cinquante ans dans ce monastère. On me pensait ivrogne et fou. Fou, je ne l'étais pas. Fou, je ne l'étais pas. Fou, je ne l'étais pas. Fou, je ne l'étais pas…

– Ça dure une page entière comme ça. Fou, il l'était sans doute quand même un peu… s'amusa Margarita.

Elle parcourut rapidement les pages suivantes et conclut.

– Je lirai ça ce soir à tête reposée mais je crois qu'il s'agit du journal d'un fou, effectivement… ou de celui d'un alcoolique… Le mot alcool de poire revient souvent, le mot souffrance aussi… ça a l'air triste…

Prudence réagit alors :

– Le frère alcoolique, le jardinier curieux, mademoiselle Bartropp…

– Elle délire… constata June.

– Non ! protesta Prudence. Je ne délire pas. Je répète ce que j'ai entendu.

– Où ? Où as-tu entendu ça ? demandai-je.

– «Tu prends la relève du frère alcoolique, du jardinier curieux, de mademoiselle Bartropp.» C'est ce que m'a dit le bonhomme avant de me brûler.

Prudence peinait à parler. Ses yeux se fermaient, elle s'endormait quelques secondes entre chaque phrase.

– Quelle relève ? demanda Margarita.

– Je n'en sais pas plus…

Margarita n'attendit pas le soir pour reprendre sa lecture. Cependant, sœur Ethelred l'interrompit pour nous demander « un coup de main sympathique ». Il fallait transporter des tables du troisième étage au rez-de-chaussée, dans le grand salon qui servirait de salle de réception pour le vin d'honneur du mariage à venir.

– Mais nous ne sommes pas assez fortes ! remarqua June. Ces meubles pèsent trois tonnes.

– L'union fait la force, ma fille. Faites-vous aider de plusieurs camarades.

– Qui s'occupera de Prudence ? m'inquiétai-je.

– Prudence n'a pas besoin de vous en permanence, Joy. Vous cherchez des excuses pour tirer au flanc… je le sens bien. Si ça peut vous rassurer, je resterai ici pour lire mon bréviaire.

– Vous n'allez pas nous aider ? s'étonna Margarita. Je me demande qui tire au flanc ici, ajouta-t-elle tout bas.

Elle avait cependant parlé trop fort. Son insolence lui valut quelques punitions. Elle nous rejoignit et soupira :

– J'ai bien hâte d'être adulte juste pour avoir le droit de répondre aux adultes. Pourtant je sais bien que tous les enfants du monde ne sont pas privés du droit de s'exprimer... J'ai lu un livre fabuleux à ce sujet.

Je racontai mes belles premières années d'enfance et la liberté que mes parents m'avaient toujours laissée.

— Je ne peux pas en dire autant, soupira June. Moi, je trouve les sœurs plutôt gentilles.

— Tout est relatif... dis-je fièrement.

Margarita me fit un clin d'œil.

Sœur Ethelred sortit son bréviaire et se planta sur sa chaise à l'entrée de sa chambre, tandis que nous nous attelions au déménagement des tables. Nous avions besoin de l'aide de deux autres filles pour transporter les meubles. Seule Louiséjessalyn avait l'âge et la taille nécessaires à cet exercice physique et fatigant. Comme elle refusait de nous aider, je pris un malin plaisir à m'en plaindre à sœur Ethelred, qui convoqua les jumelles dans le dortoir et les priva de dessert pour manque de solidarité.

— Tu me le paieras, me dit Jessalyn.

— J'ai déjà payé! J'ai même trop payé... il serait grand temps que tu me rembourses...

— Ça ne veut rien dire, pauvre idiote! lança Louise.

— Ça veut dire que vous allez être souvent privées de dessert à votre tour... se réjouit Margarita. Bien joué, ma grande! me chuchota-t-elle en aparté.

13

Les tables furent installées dans la salle de réception. Sœur Meredith chapeautait les manœuvres. Elle avait peu d'autorité, un visage impassible un peu bête, et elle ne nous impressionnait guère. Cependant, elle ne nous laissa pas le temps de reprendre notre souffle :

– Allez prendre l'air, les filles ! Vos amies sont toutes au jardin. Elles aident Dawson à installer les portiques de fleurs dans l'allée de l'abbatiale.

– Des portiques de fleurs ? m'étonnai-je.

– Je ne vous ai rien demandé, impertinente ! remarqua sœur Meredith.

– Je ne sais pas ce que sont des portiques de fleurs, c'est tout, répondis-je. Je ne voulais pas être impertinente, je vous assure.

– Vous êtes beaucoup trop curieuse en tout cas. Vous aurez bien le temps de comprendre de quoi il s'agit lorsque vous assisterez Dawson.

– Pouvons-nous remonter cinq minutes pour voir Prudence ? demanda Margarita.

– Le grand air vous sera plus profitable. Allez oust ! Dehors, petites paresseuses !

– Impertinente, curieuse, paresseuse... Dis donc, si j'écoute sœur Meredith, je collectionne tous les défauts, dis-je à voix basse en regagnant le jardin.

– Tu as raison, s'exclama Margarita, il faudrait qu'elle réalise qu'elle est méchante, tu ne penses pas ?

June nous expliqua encore une fois que les sœurs avaient chacune leurs défauts mais qu'elles ne méritaient pas qu'on leur en veuille, tant la vie qu'elles nous offraient était cent fois meilleure que celle qu'elle avait connue avant.

– N'empêche qu'elles pourraient de temps en temps être un peu plus positives à notre égard ! se rebella Margarita. Tout le monde a besoin d'encouragements.

Elle fit demi-tour et marcha d'un pas trop décidé vers sœur Meredith. Elle courait à sa perte. Je la suivis pourtant. June ne bougeait plus. Elle nous regardait nous éloigner en faisant son signe de croix. Ensuite, elle rejoignit Dawson au jardin, en baissant les yeux.

– Sœur Meredith, dit Margarita, je sais que vous allez me priver de dessert et de plein de bonnes choses encore parce que je prends la liberté de vous exprimer mes sentiments, mais ça m'est égal. Je ne me tairai pas : je voulais vous dire qu'en moins de deux minutes vous avez traité mon amie d'impertinente, de curieuse et de paresseuse et que cela ne me semble ni juste ni charitable. Vous nous apprenez à aimer notre prochain mais vous ne devez pas nous aimer beaucoup pour passer votre temps à nous critiquer. Moi je vous aime, sœur Meredith, je pense que vous êtes triste et que c'est ce qui vous rend aussi désagréable. Si jamais vous avez besoin d'amies, nous sommes là. N'est-ce pas, Joy ?

Je hochai la tête. J'étais sidérée et terrorisée par les propos de Margarita. Elle parlait mieux qu'une adulte mais elle n'était pas une adulte. Elle subirait donc un châtiment, une remontrance, quelque chose qui lui rappelait qu'elle devait rester à sa place d'enfant. Comme je venais de cautionner ses dires, on allait certainement me punir de la même manière. Sœur Meredith aussi resta bouche bée. Elle touchait nerveusement la grosse croix de bois pendant à son cou. Elle nous abandonna sans même prendre le temps de répondre et se dirigea nonchalamment, en balançant ses très grosses fesses, vers le bureau de sœur Alarice.

– On est dimanche ! hurla Margarita. Je vous rappelle que sœur Alarice ne vient pas au manoir le dimanche. Elle reste à l'abbaye.

Sœur Meredith poursuivit son chemin malgré tout. Elle voulait rester digne. Elle fit mine de se rendre à la bibliothèque située juste après le bureau de notre mère supérieure et ressortit deux minutes plus tard sans un livre.

Elle revint vers nous aussi nonchalamment. Ses petits yeux bleus s'étaient remplis de haine.

– Dieu a tout entendu ! nous dit-elle. Ce que vous venez de faire ne restera pas impuni.

– Qu'avons-nous fait de mal ? demanda Margarita.

Je lui cognai le bras du coin de mon coude, pour qu'elle arrête de sauter ainsi systématiquement dans la gueule du loup.

– Vous avez désobéi !

– Dieu reconnaîtra les justes, répondit Margarita. Et il sait pertinemment que ce ne sont pas forcément ceux qui travaillent à son service !

Je pris mon amie par la main et l'entraînai vers le jardin, où nous retrouvâmes Dawson et le reste des filles.

– Mais tu es complètement dingue ? dis-je. Tu cherches la guerre ? Le cachot ? Les coups de fouet ?

– J'ai lu un livre dont l'héroïne agissait à peu près comme ça. Admirable, non ?

– Mais, Margarita, c'est la vraie vie ici. Tu ne peux pas t'identifier comme ça à tous les personnages qui te plaisent dans tes romans... c'est trop dangereux.

Pour une fois, je me sentais plus mature et raisonnable que mon aînée. L'élève commençait à dépasser son maître.

— Ce sont de sacrés modèles en tout cas, répondit Margarita. La vraie vie, moi, je la découvre dans les livres. Tu vois, avant de lire ce roman, je n'imaginais même pas qu'une enfant pouvait s'autoriser à répondre à un adulte... Les livres ne peuvent pas être nocifs. Ils me sauvent la vie, j'en suis certaine. Ce sont un peu les parents qui me manquent. Ils font toute mon éducation.

— N'empêche que ces parents-là auraient dû te conseiller de la boucler.

Dawson avait une quarantaine d'années, les cheveux d'un roux foncé, les yeux bleu turquoise légèrement enfoncés. Sa bouche assez fine dévoilait de temps en temps un sourire très blanc et une incisive à peine cassée sur sa mâchoire supérieure. Il était grand et mince, et sa silhouette d'aristocrate ne laissait pas envisager qu'il pût être le jardinier ni l'homme à tout faire de l'abbaye. Seules ses mains écorchées et ses ongles un peu noirs trahissaient sa situation. Dawson était assez rassurant. À l'abbaye, les hommes étaient rares. Deux prêtres des villes voisines se relayaient pour dire les messes, et nous rencontrions aussi les garçons à la chorale le samedi. Parfois le majordome ou le chauffeur de Lady Bartropp s'attardait aussi ici mais nous n'avions jamais l'occasion de leur parler. Dawson restait donc le seul homme adulte de notre entourage. Il nous expliqua comment nous allions recouvrir de fleurs les portiques de métal qu'il venait d'enfoncer dans la terre. Je compris enfin la signification du mot qui avait été le point de départ de notre altercation avec sœur Meredith. Je regrettai qu'une si petite étincelle ait pu allumer un feu néfaste et préjudiciable.

— Aujourd'hui, expliqua Dawson, je vous donne des fleurs fanées de l'église pour vous entraîner à les tresser avec le lierre et à les faire courir sur les portiques. Le matin du mariage, vous viendrez fleurir toute l'allée avec des roses, de la gypsophile, des freesias, des campanules, que nous apportera Aglaé — il hésita — Aglaé Bartropp, et du lilas que nous aurons cueilli chez nous.

Il nous fit une démonstration. J'étais épatée par sa dextérité et son sens artistique. Le morceau de portique qu'il recouvrit était un morceau de rêve. J'en oubliai Prudence quelques minutes. Margarita et June rêvaient aussi en admirant le travail du jardinier.

Dawson demanda à Margarita de l'aider à recouvrir de copeaux d'écorce de bois le chemin terreux qui reliait l'abbaye au manoir.

– Pourquoi ne mettez-vous pas des graviers? demanda Margarita. Le bois finira par pourrir sur ce sentier boueux... Le gravier, lui, durera bien plus longtemps.

– Je suis bien d'accord avec toi mais Lady Bartropp nous a apporté cette cargaison de copeaux d'écorce et je fais ce qu'elle me demande.

– Vous l'aimez bien, n'est-ce pas? demanda Margarita.

Dawson ne réagit pas. Il remplit une brouette en silence et la poussa jusqu'au chemin en fronçant les yeux tant le soleil de juin l'éblouissait. Margarita le suivit en souriant et je les vis étaler en s'amusant des pelletées de copeaux pendant que nous tressions les fleurs fanées. J'étais un peu jalouse du traitement de faveur que recevait mon amie. Sans doute Dawson l'avait-il choisie parce qu'elle était notre aînée mais j'enviais sa facilité à communiquer avec cet homme. Cela aussi, elle avait dû l'apprendre dans un livre. Peut-être fallait-il que je lise plus? Depuis que j'habitais à l'orphelinat, j'avais perdu beaucoup de confiance en moi. J'avais l'impression qu'une autre Joy avait existé avant mais que je ne parvenais pas à la retrouver complètement. La disparition de mes parents et l'éducation des sœurs m'avaient étiolé l'esprit. Toute une partie de moi attendait sans doute dans une sorte de garde-meuble qu'on vienne la libérer. Margarita, elle, n'avait pas ce problème. Son esprit me paraissait assez libre, seul son corps lui posait des problèmes de taille mais j'allais sans doute aussi passer bientôt par cette étape inévitable, même si le docteur s'était appliqué à me décrire les modifications à venir pour m'éviter des angoisses du type de celles de Margarita.

Lorsque Dawson revint vers nous pour recharger sa brouette de copeaux, Margarita le suivit.

— Savez-vous qui est le jardinier curieux ? lui demanda-t-elle.

— Tu me trouves curieux ? s'étonna Dawson.

— Pas du tout ! Mais j'ai entendu parler d'un jardinier curieux… et je me disais que c'était peut-être une personnalité du coin.

— Pas à ma connaissance. Pourquoi ce jardinier était-il curieux ?

— C'est bien ce que je me demande.

— Alors c'est toi la curieuse ! dit-il en souriant.

— Ah ! Oui ! C'est certain, j'ai une nature assez curieuse. Mais je ne pense pas que ce soit un défaut, contrairement à ce que certaines sœurs veulent nous faire croire. Sans curiosité, on n'apprend pas grand-chose.

— Ce n'est pas un défaut, c'est certain... mais il ne faut pas non plus fourrer son nez dans les affaires des autres.

— Mon nez reste à sa place, je vous assure.

Dawson sortit sa pipe de la poche de sa veste en velours côtelé. Il tassa du tabac à l'intérieur et l'alluma tandis qu'il s'asseyait sur le rebord du puits.

— Vous fumez le même tabac que mon papa, constatai-je.

— Le meilleur ! dit-il en tirant une bouffée.

— C'est vrai, mon papa était le meilleur, répondis-je.

Louiséjessalyn retint un éclat de rire.

— Quelle idiote, vraiment. Ça se confirme ! chuchota Louise assez fort pour que je l'entende.

Dawson aussi avait entendu. Il demanda aux jumelles d'aller chercher deux seaux et de nettoyer la cour de tout le bazar de feuilles et de fleurs coupées que nous venions d'étaler dans l'allée.

— Pourquoi nous ? se révolta Jessalyn.

Louise réalisa l'insolence de sa sœur et rectifia immédiatement leur attitude.

— Jessalyn veut dire pourquoi ne ferions-nous pas ce travail toutes ensemble ? Ce serait plus sympathique.

— Parce que je ne peux pas demander à une idiote de vous aider, répondit Dawson en me faisant un clin d'œil.

14

Il fallait s'y attendre. Sœur Meredith débarqua soudain accompagnée de sœur Alarice qui, pour une fois, ne portait pas son voile. Je découvris donc ses cheveux très bruns sur lesquels ressortaient quelques fils d'argent. Sœur Meredith avait sûrement interrompu la sieste dominicale de la mère supérieure, car cette dernière n'avait pas les yeux aussi vifs que d'habitude. Quelques rêves semblaient flotter encore dans son regard flou et plus doux qu'à l'accoutumée. Sœur Alarice devait avoir une quarantaine d'années. La voir ainsi sans son voile me permit d'imaginer ce que sa vie aurait pu être si elle n'était pas entrée dans les ordres. Soudain, je ne voyais plus sœur Alarice mais une femme qui aurait pu être jolie, séduisante, avoir un mari, une vie sociale, des enfants, des idées d'amour et de romance, des chapeaux, des bigoudis, des ongles manucurés, une teinture de cheveux pour couvrir les signes du temps qui passe. Ici, seul le voile couvrait jour après jour son potentiel, ce qu'elle refusait d'être et ce qu'elle ne connaissait même pas d'elle-même. Quel gâchis, pensai-je. Je m'apitoyais presque sur son sort. Je ne voulais pas devenir comme elle. Jamais je ne porterais le voile, jamais je ne cacherais mon corps sous ces robes tristes. Je voulais être une jolie femme, ressembler à ma mère.

— Je ne veux pas devenir bonne sœur ! déclarai-je sans attendre que sœur Alarice m'adresse la parole.

Je n'avais même pas réalisé que je parlais tout fort. Margarita éclata de rire.

— Mais tu veux être privée de dessert ! me dit-elle tout bas. Ici l'honnêteté doit être utilisée avec parcimonie.

Je ne connaissais pas le sens de ce mot mais je sentis que cette parcimonie m'avait certainement fait défaut. On ne va pas mettre du chocolat dans un gâteau si on ne sait pas que le chocolat existe... c'était la même chose pour les mots. Je ne pouvais pas utiliser de parcimonie puisque je n'en avais jamais entendu parler. Le fait d'accroître son vocabulaire permettait sans doute de faire plus de choses dans la vie. Utiliser de la parcimonie, de la relativité, de la miséricorde à bon escient devait certainement rendre la vie plus intéressante. Margarita m'incitait à penser

que les mots étaient des coupons de liberté et j'avais
hâte d'en connaître autant qu'elle.

Sœur Alarice, qui venait sûrement nous réprimander
der pour le mal que nous venions de causer à sœur
Meredith, fut coupée dans son élan par ma déclaration.
tion. De toute façon, ses yeux embués n'avaient pas
envie d'être méchants. Elle avait l'air fatiguée de faire
la loi. Le dimanche n'était sans doute pas fait pour se
fâcher ou peut-être le plaisir de sentir le soleil caresser
ser ses cheveux l'apaisait-il. En tout cas, nous ne la
reconnaissions pas. Sa fragilité soudaine me fit l'aimer
un instant. Un instant étrange. Sœur Meredith révoltée
tée fronçait les sourcils et retenait sa colère, sœur
Alarice regardait le ciel, incapable de nous en vouloir.
Je lui pris la main. Elle serra la mienne longtemps
sans rien dire. Margarita, sidérée par mon attitude et
la réaction de sœur Alarice, ouvrait de grands yeux
joyeux.

Étions-nous en train de gagner une victoire ou
la paix s'installait-elle enfin entre les sœurs et les
enfants ?

— J'ai bien entendu ce que vous veniez de dire,
Joy, et Dieu me donne la force de vous comprendre.
Cependant, vous avez le temps de changer d'avis.
Ce ne sont pas des décisions qui se prennent à la
légère.

– J'ai bien réfléchi, répondis-je. Plus tard, je veux être une maman... et si possible une maman qui ne disparaît pas.

Sœur Meredith pinçait de plus en plus sa bouche.

– N'allez-vous rien leur dire ? demanda-t-elle soudain. Ces deux pestes m'ont tout de même insultée.

– Le pardon ! sœur Meredith... Vous connaissez le pardon, n'est-ce pas ? Utilisez-le dès que possible. Ces enfants n'ont pas toujours la vie facile.

– Parce que vous pensez que ma vie à moi est facile ! se révolta sœur Meredith en reprenant le chemin du monastère. J'ai pas choisi d'être là, moi !

– Très jolis, ces morceaux d'écorces au sol ! constata sœur Alarice. Vraiment, ce Dawson est une perle !

– C'est juste un homme, dis-je, un homme comme mon papa. Si Dawson était une perle, alors tous les hommes seraient des perles, il me semble.

– Pas du tout, jeune fille, certains hommes sont de véritables voyous incapables. Il faut de tout pour faire un monde.

– Eh bien ici, ce n'est pas un monde alors... parce qu'il n'y a pas grand-chose... remarqua Margarita.

Sœur Alarice sourit et repartit sans rien dire.

– Elle n'est pas nette, constatai-je. On dirait qu'on l'a hypnotisée.

— Toi non plus tu n'es pas nette! remarqua Margarita. Jamais je ne t'ai vue aussi loquace. Qu'est-ce qu'il t'arrive?

Loquace était certainement aussi un coupon de liberté.

— Comment pourrais-je être loquace alors que je ne sais même pas ce que ça signifie? demandai-je.

Un coup de vent souleva violemment la jupe de Margarita. Elle paniqua. Il ne fallait pas que l'on découvre son corps.

— Hou! J'ai vu ta culotte! s'exclama Jessalyn. Et en plus, t'as des petits poils sur les jambes.

Margarita, toute rouge, fila vers le dortoir. Je la suivis, June nous rejoignit en courant.

— Pourquoi tu pleures? demanda-t-elle à Margarita.

— Je pleure mon corps d'enfant. Je déteste tout ce qui a poussé cette année. C'est moche.

— Au contraire, tu es encore plus jolie qu'avant, dit June en passant la main dans les cheveux de Margarita.

Elle posa sur elle un étrange regard qui me confirma encore une fois l'intérêt tout particulier qu'elle portait aux filles.

Margarita sécha ses larmes et reprit ses esprits:

— Tu m'inquiètes un peu, dit-elle à June en repoussant sa main. T'es bizarre parfois.

– Tu ne vas pas m'empêcher de te trouver jolie quand même ? réagit June en riant.

June était heureuse quoi qu'il arrive. Quand on vient de l'enfer, tout doit paraître beau et facile, et les questions futiles qui préoccupent les petites têtes étriquées par une éducation stricte ou déficiente n'ont pas la moindre chance de perturber les âmes brûlées des rescapés des flammes.

15

Nous nous hâtâmes de retrouver Prudence. Elle dormait. Sœur Ethelred regardait par la fenêtre en égrenant son chapelet. Elle nous confia la garde de la malade et s'absenta.

Margarita s'installa sur son lit et reprit sa traduction latine pendant que June et moi jouions aux cartes.

– Écoutez ça ! s'écria-t-elle soudain : *Ici, personne ne voulait entendre mes histoires. Dieu règne sur la terre mais sous la terre, nous ne sommes plus protégés. Je suis sans doute le seul à m'être aventuré sous l'abbatiale un soir où je cherchais en vain dans quel endroit secret les frères avaient caché l'alcool de poire fabriqué dans nos ateliers. Ce livre est le récit de ce que j'ai vécu. Dieu fasse en sorte que je puisse l'écrire jusqu'au bout. J'ai près de quatre-vingt-dix ans et je sens depuis quelques semaines mon corps m'abandonner. Trente années de souffrance. Il y a pourtant une solution : la source ! C'est Rosalind la couturière qui connaît le remède. Mais elle est trop âgée pour marcher jusque-là. L'eau de la source est un élixir de vie. Elle a sauvé le jardinier de ses brûlures.*

— Le jardinier curieux ! s'exclama Prudence dans son sommeil.

— Il faut trouver la source ! dit June.

— Mais on ne sait pas de quelle source il parle. Et puis ce type avait l'air vraiment fou... il raconte peut-être n'importe quoi, remarqua Margarita. Je vais essayer de traduire la suite... on verra ce que je peux trouver là-dedans... Regardez ça : l'homme a écrit « j'aime l'alcool de poire » plus de cent fois ! Peut-on faire confiance à un alcoolique ?

— Des brûlures, un mal incurable, un jardinier curieux, les sous-sols de l'abbaye... pour moi ce type n'était pas fou du tout... Ouvre les yeux, Margarita ! Tout coïncide parfaitement avec l'histoire de Prudence.

— Tout coïncide ! murmura Prudence sans ouvrir les yeux.

Margarita marmonna :

— N'empêche que moi, je ne fais pas confiance à un ivrogne.

Elle se replongea dans sa lecture. Mais bientôt la cloche du dîner retentit et il fallut de nouveau abandonner Prudence. Cette fois, c'est sœur Meredith qui prit la place de garde-malade. Elle s'assit tout près de Prudence en nous ignorant et, au moment où je quittai la pièce, je l'entendis maugréer :

– Vous ne l'emporterez pas au paradis, petites pestes !

Margarita, qui avait aussi perçu la menace, revint sur ses pas et dit :

– Nous vous avons pardonnée, vous devriez en faire autant, sinon c'est vous qui n'irez pas au paradis.

June se joignit à Margarita :

– Écoutez, sœur Meredith, je sais que vous n'êtes pas contente de votre vie mais je vous assure qu'elle est bien meilleure que celle que j'ai vécue jusqu'à mon arrivée ici.

– Tout est relatif ! dis-je fièrement.

– Eh, ma grande, tu ne vas pas nous ressortir ça tous les jours quand même... s'amusa Margarita.

Prudence ouvrit les yeux et réclama à boire. Sœur Meredith lui tendit froidement un verre.

– Mais elle ne peut pas tenir son verre. Elle est à bout de forces, fis-je remarquer.

Je fis boire Prudence. Sœur Meredith ne réagit pas. Elle était incapable de nous répondre sans être épaulée par notre mère supérieure ou une autorité quelconque.

– Nous ne voulons pas la guerre, lui dit Margarita.

– Vous ne voulez pas la paix non plus, sinon vous tiendriez vos langues, comme on vous l'a appris, dit

sœur Meredith sèchement en regardant ses chaussures. Vous n'êtes qu'une bande d'insolentes.

La cloche retentit une seconde fois et nous dûmes
abandonner Prudence une petite heure.

16

Pendant le déjeuner, après une prière interminable, il ne fut pas question d'évoquer le manuscrit de l'alcoolique, ni la source, ni ce qui nous occupait entièrement l'esprit. Hope vint s'asseoir à côté de moi et me demanda :

— Vous y êtes retournées ?

— Où ça ? demanda immédiatement Louise.

— Oui, où ça ? surenchérit Jessalyn.

— À la mare ! répondit Margarita sans hésiter.

— La mare ? Mais de quelle mare parlez-vous ? s'étonna Louise.

— La mare. Voilà tout, conclut Margarita. Vous vouliez savoir. Vous savez.

Hope s'apprêtait à corriger les dires de Margarita. Je dus lui frapper le mollet du bout de ma chaussure et lui faire les gros yeux pour qu'elle comprenne qu'il valait mieux qu'elle se taise.

Les jumelles n'attendirent pas le dessert pour rapporter à sœur Ethelred que nous nous étions rendues deux fois à la mare. Elle nous demanda immédiatement des précisions mais Margarita, tout innocente et surprise lui rétorqua :

— La mare ? Mais nous n'avons jamais parlé d'une mare, je vous assure.

Louiséjessalyn trépignait.

— Mais si ! Mais si ! insista-t-elle. Elle ment ! Elle ment !

— Si je mentais, j'irais en enfer, n'est-ce pas, sœur Ethelred ? J'ai du mal à croire que vous vouliez faire de moi une novice si vous me pensez capable de raconter des sornettes.

Sœur Ethelred haussa les épaules, fatiguée par ces discussions inutiles. Louiséjessalyn se révolta de ne pas être crue.

— Mangez votre dessert et taisez-vous toutes ! ordonna sœur Ethelred exaspérée.

En sortant de table, je demandai discrètement à Hope de ne plus faire allusion à notre visite des sous-sols, même à mots couverts.

— Mais je n'ai rien dit de mal ! me fit-elle remarquer. J'ai tenu ma langue. C'est comme pour la source de Ginger.

— La source ? De quoi parles-tu ? De quoi t'a parlé Ginger ?

Hope remua la tête de gauche à droite et serra ses lèvres pour signifier qu'elle n'en dirait pas plus. Elle venait sans doute de gaffer à nouveau.

– Dis-moi ce que t'a dit Ginger! insistai-je lorsque nous fûmes de nouveau en mesure de parler librement.

– Je n'ai pas le droit. Elle serait punie.

– Cette source pourrait peut-être sauver Prudence. Tu dois me dire ce que tu sais. Répète-moi ce que t'a dit Ginger!

Elle serra ses lèvres de nouveau.

– Demande-lui toi-même!

Ginger avait dix ans, la peau couleur caramel, les yeux très noirs et légèrement bridés, et les cheveux auburn. Elle disait qu'elle avait des origines étrangères. Louiséjessalyn appelait cela des origines étranges. Elle disait aussi que sa mère était née sur une petite île perdue dans l'océan et cela me faisait rêver. Ses parents étaient morts lors d'un tremblement de terre. Elle avait survécu au drame en se réfugiant sous une table et elle répétait souvent:

– J'aurais mieux fait de suivre Papa et Maman, je serais morte avec eux et ça serait bien mieux.

Ce à quoi les sœurs répondaient systématiquement:

– Ce n'était pas ton heure, Ginger. Dieu voulait que tu restes en vie.

– Eh bien, Dieu n'a rien compris ! s'était-elle exclamée un jour.

Elle avait été immédiatement punie. Elle se mettait souvent en danger. C'était une casse-cou, une exploratrice, un garçon manqué agile et provocateur.

Les sœurs passaient leur temps à lui demander de rester tranquille. Elle escaladait tout ce qui pouvait s'escalader, elle se penchait exagérément aux fenêtres, elle marchait sur l'étang gelé, elle ne suivait pas le rang lorsque nous nous promenions sur la route. Les sœurs nous laissaient croire que Ginger était « dérangée » et nous ne nous étions jamais demandé si ce jugement méritait d'être revu. Nous redoutions le dérangement de Ginger, comme une maladie contagieuse, un fantôme, un bandit ou un monstre. Nous préférions la fuir qu'être confrontées à ses fantaisies inquiétantes. Seule Margarita avait, à plusieurs reprises, émis l'idée que Ginger était simplement très triste, comme la plupart d'entre nous, mais qu'elle ne l'exprimait pas de la même façon. Comme je voulais en savoir plus à propos de la source, j'attirai Ginger dans un coin tranquille du jardin. Les rosiers embaumaient, des papillons butinaient de longues fleurs violettes, semblables à des lilas fins. L'été adoucissait nos problèmes en étalant ses rayons chauds. Je tirai Ginger par la manche.

— Ginger, je ne vais pas cafter mais tu dois me dire où tu as vu une source.

Elle s'enfuit en courant, je la rattrapai, elle se débattit et m'échappa encore. Heureusement, Dawson freina sa course en plantant son grand corps devant elle. Il posa sa main burinée sur l'épaule de Ginger.

— Tu abîmes les plates-bandes ! s'exclama-t-il. Si tu dois courir, va courir ailleurs !

Ginger reprit sa course dans une autre direction. Elle revint vers les autres filles et se colla à Louiséjessalyn en me tirant la langue. Elle savait pertinemment que je ne lui poserais aucune question si elle restait ainsi contre les deux pestes.

— Tant pis pour toi, tu auras la mort de Prudence sur la conscience, lui dis-je au creux de l'oreille.

— Tsss ! N'importe quoi…

Un peu plus tard, lorsque Louiséjessalyn s'éclipsa aux toilettes — Louise ne pouvait pas aller faire pipi sans sa sœur et inversement —, je convainquis Ginger de s'intéresser à la traduction qu'avait faite Margarita. Nous n'avions pas le choix. Nous devions partager notre secret avec elle afin qu'elle accepte de nous parler de la source. Cependant j'évitai de rentrer dans les détails de nos visites respectives du souterrain. Je savais qu'autrement Ginger aurait immédiatement couru s'y perdre. Nous avions rejoint le dortoir et nous étions installées dans le renfoncement d'une fenêtre. Ainsi, personne ne pouvait épier notre conversation. Ginger n'arrivait pas à rester assise. Elle faisait des acrobaties sur sa chaise, nous abandonnait quelques secondes pour sauter d'un lit à l'autre, revenait vers nous et repartait encore.

Prudence regardait tout cela d'un œil fatigué. Elle n'avait plus jamais la force de sourire. Sœur Meredith avait quitté son poste de garde-malade sans prévenir personne.

Margarita et June parvinrent à convaincre Ginger de nous conduire à la source.

— D'accord, dit Ginger en rebondissant sur un matelas, mais à une condition : vous me montrez la mare !

— Mais il n'y a pas de mare ! s'exclama Margarita.

— Alors, il n'y a pas de source non plus, rétorqua la coquine en faisant une pirouette sur un lit.

Puis elle s'appliqua à bien tirer les couvertures des lits pour ne pas laisser de traces de son passage.

Margarita soufflait comme un taureau agacé.

— La mare, c'était une invention pour que Louiséjessalyn nous fiche la paix.

— Alors, la source aussi est une invention, dit Ginger.

— Si la source était une invention, le prêtre n'en parlerait pas dans son manuscrit ! fis-je remarquer.

Je suppliai Ginger :

— Nous devons rapporter de l'eau de cette source à Prudence ! S'il te plaît, Ginger ! Je te donnerai ce que tu veux en échange !

— Je veux être avec mes parents, annonça-t-elle sèchement.

— Tu veux dire : morte ? s'exclama June.

Ginger nous fixa avec des yeux effrayants. Elle avait l'air perdue et un peu méchante.

— Oui, morte ! répondit-elle. Je ne vois pas ce qu'il y a de mal à ça. Mes parents étaient des gens bien et pourtant ils sont morts.

— On ne va quand même pas te tuer pour te remercier de nous avoir indiqué une source ! Tu racontes n'importe quoi, Ginger... et tu sais que tu racontes n'importe quoi, n'est-ce pas ?

Ginger sauta encore d'un matelas à l'autre et remit les couvertures en place. Puis, tout essoufflée, elle s'assit à côté de June et déclara :

— C'est moche la vie ici. Ça ne sert à rien.

Il y eut un long silence. On entendait juste le bruit des pages que tournaient quelques filles à l'autre bout du dortoir.

Prudence gémissait dans son sommeil. En fait,

nous ne savions pas si elle dormait ou si elle sombrait dans le coma. Nous tentâmes de la réveiller, en vain. Son corps mou roula de gauche à droite lorsque June entreprit de la secouer pour la sortir de sa torpeur.

– Prudence ! Prudence ! Reste avec nous ! dit Margarita en tapotant ses joues.

Notre inquiétude et nos efforts pour réanimer Prudence ne laissèrent pas les autres filles indifférentes. Hope, Daffodil, Regina et Phoebe s'approchèrent du lit. Ginger, elle, avait repris sa vie de kangourou et continuait à rebondir aux quatre coins de la pièce, perturbée mais imperturbable.

– Peut-être que Prudence est morte, dit Hope.

– En tout cas, elle n'est plus très vivante, constata Daffodil en secouant la main de la malade. On dirait une poupée de chiffon.

– Il faudrait appeler le docteur, vous ne croyez pas ? dit Regina en bégayant.

En général, Regina n'osait jamais parler tant elle butait sur chaque mot mais la panique avait soudain dissous son complexe.

Avec une voix autoritaire peu habituelle, Margarita s'écria :

– Ginger ! Bon sang, arrête de sauter et dis-moi dans l'oreille ce que tu DOIS nous dire. Prudence a besoin de toi.

Ginger poursuivit sa série d'exercices. Margarita finit par l'arrêter en plein saut en lui saisissant le poignet.

— Tu reviens sur terre, s'il te plaît, on a besoin de toi, ma grande.

— Oui, mais moi, j'ai pas besoin de vous ! rétorqua Ginger en se débattant.

— Tu n'es pas restée en vie par hasard, dit Margarita en agrippant plus fort le poignet de l'acrobate.

— Tu parles comme les bonnes sœurs ! s'exclama Ginger.

Margarita fit une grimace et expliqua à Ginger que nous avions tous des missions à exécuter sur terre et que sa première mission à elle était probablement d'aider à sauver Prudence.

— Et toi, ta mission, c'est quoi ? demanda Ginger. Me tirer les vers du nez ?

Comme Prudence avait l'air de moins en moins vivante et que nous avions toutes peur, Ginger finit par se calmer.

17

– Je veux bien emmener Joy à la source, dit soudain Ginger. Parce que Joy, elle, ne se prend pas pour
une cheftaine, au moins.

– C'est loin ? m'inquiétai-je.

Mais Ginger n'avait pas attendu ma question. Elle
dévalait déjà l'escalier. Je la suivis sans réfléchir. Moi
aussi j'avais la mission de sauver Prudence, à tout prix,
même celui d'être punie. Ginger ne sortit pas dans le
jardin par la porte principale, elle courut le long du
couloir qui menait au réfectoire puis bifurqua soudain vers la droite. Nous franchîmes une porte en
bois. Ginger me fit signe de la refermer. Puis un passage sombre et voûté nous conduisit vers une pièce
immense, envahie de sculptures en pierre et en plâtre.
On aurait dit une galerie d'art. À l'opposé de cette
pièce, nous sortîmes par une porte-fenêtre. À partir
de là, j'eus l'impression de ne plus être dans le manoir,
que je pensais si bien connaître. Je ne pouvais pas

croire que le dos de notre maison ressemblait à cela. Jamais auparavant on ne m'avait donné l'occasion de découvrir notre environnement sous un angle différent de celui que l'on nous imposait chaque jour et je m'étonnais qu'un tel exotisme puisse ainsi naître à quelques mètres de mes habitudes. J'enviai soudain l'instabilité et la curiosité de Ginger. Sans doute connaissait-elle déjà les moindres recoins de la propriété des sœurs. Je m'étonnais qu'elle ne se soit jamais aventurée dans les caves de l'abbatiale mais je n'eus pas à lui demander de précision à ce sujet car, dès que nous nous retrouvâmes dans le parc, elle fit un bond en arrière à la vue d'un gros corbeau qui traversait en sautillant un petit chemin.

– J'ai très peur de plein de choses : les gros oiseaux, les chauves-souris, l'orage, les caves et les greniers... j'ai peur aussi du bruit et de la fumée... mais ça, c'est à cause du tremblement de terre...

Elle continuait à trotter devant moi. Elle parlait d'elle comme si ce qu'elle racontait concernait une autre fille, un personnage de roman. Elle énumérait ses craintes avec une froideur et un détachement déconcertants.

Ainsi je compris ce qui avait gardé Ginger à la surface de l'abbaye. La peur nous épargnait souvent de bien mauvais voyages.

Ginger poursuivit un monologue que j'écoutais à peine tant ce que je découvrais me fascinait plus que ses mots.

Comment avais-je pu vivre si longtemps ici sans m'être même doutée qu'il existait une autre façade, une autre entrée, d'autres pièces dans notre manoir ? Comment n'avais-je, jusqu'ici, pensé qu'en deux dimensions ? J'avais vécu dans un dessin d'enfant. Nous rentrions sans réfléchir par la porte gardée par le Diable Vert et je n'avais jamais envisagé d'autres façades à cette demeure. Mes seules escapades avaient été celles des autres. J'étais une suiveuse tandis que Ginger et Margarita, elles, se révélaient de véritables aventurières. Je les admirais autant que les paysages et les lieux que leur témérité m'avait permis de découvrir.

Ici le jardin ne ressemblait en rien à la grande pelouse qui séparait le manoir de l'abbaye. Dawson avait aménagé un ravissant potager clôturé par des rosiers grimpants le long d'un treillis de bois clair. Derrière ce rideau de fleurs débutait un petit bois de conifères, dont on pouvait apercevoir le bout lorsqu'on marchait sur la mince allée qui le traversait. C'est ce que nous fîmes mais nous n'atteignîmes pas l'autre entrée du bosquet. Ginger bifurqua soudain, n'importe où, entre des brindilles mortes, des orties vigoureuses et des ronces.

— Ça doit être par là, marmonna-t-elle. À côté de l'arbre foudroyé.

Elle désigna un immense sapin dont il ne restait qu'un tronc et quelques branches noircies par la foudre.

— On dirait une arête géante ! remarquai-je.

Ginger avança sans lever les yeux.

— Fais gaffe aux serpents ! dit-elle. L'autre fois, j'ai vu un serpent près de la source.

— T'as peur des oiseaux mais t'as pas peur des serpents ?

— On choisit pas ses trouilles, bougonna-t-elle.

De la maison, le bois m'avait semblé étroit et délimité par les barrières des propriétés adjacentes. Pourtant, dès que nous fûmes au pied du sapin foudroyé, la pinède devint une forêt sombre et profonde dans laquelle je n'avais pas envie de m'attarder. À chaque pas, Ginger levait le pied très haut. Elle sifflait en passant entre les bras piquants des conifères. Soudain, la lumière revint. Des rayons pointus et blancs éclairaient des morceaux d'écorce et d'humus, les arbres se firent plus espacés. Nous avions rejoint une clairière au milieu de laquelle jaillissait une petite source.

Quelques vieilles pierres avaient été installées pour retenir l'eau avant qu'elle s'écoule le long d'un fin ruisseau qui avait creusé un lit dans la terre de bruyère. Par terre, à côté de la source, une très vieille casserole cabossée avait été oubliée.

— Et voilà ! s'exclama Ginger fièrement. C'est ici ! Personne d'autre à l'orphelinat ne connaît cet endroit.

— Même pas les sœurs ? m'étonnai-je.

— Je ne vais tout de même pas leur demander si elles sont déjà venues dans un coin que je ne suis pas supposée visiter.

Je n'avais pas pensé à prendre un récipient pour ramener de l'eau à Prudence. J'hésitai à rapporter la casserole au manoir. Si sœur Ethelred me surprenait avec cet objet, j'allais certainement passer un affreux moment.

Ginger courait d'un bout à l'autre de la clairière. Rien ne l'épuisait donc jamais. Elle était bien trop active. «Trop vivante», avait dit sœur Wilhimina, comme si on pouvait vivre trop. Margarita, elle, disait que les parents de Ginger, en mourant, lui avaient sans doute laissé leur énergie en héritage.

On entendit un bruissement d'ailes. Ginger se figea et cacha sa tête dans ses mains.

— Au secours, dit-elle. Un gros oiseau !

Nous venions de réveiller un hibou. Un énorme hibou presque jaune dont les yeux ressemblaient à deux pierres précieuses. Il avait juste étendu ses ailes,

volé sur l'arbre d'en face et rompu le silence en faisant claquer l'air du bout de ses plumes.

– Dis donc, maintenant je sais comment on peut
te faire arrêter de bouger. Les sœurs devraient mettre
un oiseau dans la salle de classe !

– C'est pas drôle ! rouspéta-t-elle.

J'hésitai encore à prendre la casserole mais je
n'avais pas le choix. Je tentai de la laver, cependant la
terre et la rouille semblaient incrustées à plusieurs
endroits, et le résultat de mon entreprise ne m'encouragea pas à rapporter de l'eau à Prudence dans ce
récipient. Je craignais de la rendre encore plus malade
en lui proposant de l'eau souillée. Je sortis donc mon
mouchoir immaculé de ma poche. Nous avions chacune brodé un mouchoir à nos initiales et nous
devions toujours l'avoir dans notre poche, sous peine
d'être punies si nous avions oublié de l'y placer. Je le
plongeai dans l'eau fraîche et ne l'essorai pas jusqu'à
ce que nous soyons retournées dans le dortoir. Je
pensais appliquer le mouchoir tel une compresse sur
la brûlure de Prudence. Il s'agirait d'un premier essai
car le manuscrit du père alcoolique ne mentionnait
pas si l'eau devait être bue ou utilisée sur les plaies.

18

Prudence n'était plus dans son lit. Devant la gravité de son état, les sœurs avaient décidé d'appeler le médecin qui l'avait immédiatement transportée à l'hôpital pour effectuer des examens précis.

— Quand va-t-elle revenir? m'inquiétai-je auprès de Margarita.

Mon mouchoir trempé dégoulinait dans toute la pièce tandis que Ginger racontait à June «l'énorme oiseau qui nous avait barré la route en déployant ses immenses ailes…».

— Je crois que tu exagères un peu, remarquai-je. On est loin de la vérité…

— Ma vérité, elle est comme ça. Je n'exagère rien du tout, s'énerva Ginger.

J'offris ma version de notre escapade à Margarita et June qui me supplièrent évidemment de les conduire à cet endroit.

— Et cette fois-ci, je prends une gourde. Comme ça nous aurons de quoi faire lorsque Prudence reviendra.

Ginger refusa de nous accompagner une seconde fois.

— J'ai pas que ça à faire, quand même.

Je me demandai alors ce que nous avions toutes à faire le dimanche, à part lire et papoter dans le jardin. La vie ici était bien monotone et il fallait vraiment être mordue de lecture pour ne jamais s'ennuyer.

Je fis découvrir le salon des sculptures à mes amies, puis le potager, le petit bois et son allée mystérieuse. J'essayai de repérer le grand arbre foudroyé mais je ne vis rien que des cimes vertes.

— C'est quand même dingue ! Ce sapin n'a pas pu disparaître, m'exclamai-je.

Je finis par bifurquer à droite, n'importe où, pensant que j'allais forcément finir par apercevoir la grande arête de poisson mais nous nous enfonçâmes dans une pinède dont je ne reconnaissais ni la couleur ni les contours.

— Je suis désolée, les filles, on aurait dû forcer Ginger à revenir avec nous. Je crois que je suis perdue.

Margarita dit qu'il ne devait pas être compliqué de retrouver une source dans un bosquet de cette taille et elle nous engagea à quadriller les deux hectares qui composaient la partie droite du bois. Malheureusement, j'avais lu dans un livre que certains trésors n'apparaissaient qu'à certaines personnes et il me sembla que nous étions confrontées à cette situation. Ginger était probablement l'élue, car rien dans le bois que nous arpentions maintenant ne ressemblait à ce que j'avais vu dans l'heure précédente.

– Je ne crois pas à ce genre de magie débile, dit Margarita. Un lieu ne peut pas revêtir plusieurs aspects à moins que les saisons ou le climat n'altèrent son apparence. Nous n'avons pas changé de saison en cinq minutes tout de même ! Et puis, comment veux-tu qu'un grand arbre foudroyé disparaisse en quelques minutes ? Pour moi, tu t'es trompée de côté. Il fallait sans doute tourner à gauche.

Je sursautai. Des bruits de pas sur les brindilles interrompirent notre conversation. June écarquillait les yeux, Margarita n'avait pas refermé la bouche, nous retenions toutes les trois notre souffle. Qui avançait dans notre direction ?

– Ce doit être un cerf ou un sanglier, dit June en tremblant.

Margarita s'arma du courage qui la caractérisait si souvent.

– Hou, hou ! Y a quelqu'un ?

La bête s'avança. En fait, c'était un homme. Il vint vers nous en souriant.

– Dawson ! m'écriai-je, soulagée.

– Que faites-vous ici ? demanda-t-il, un peu sévèrement. Je crois que je viens de comprendre qui chaparde les légumes et les baies de mon potager, maintenant…

– Pas du tout, je vous assure, on ne fait que se promener…

– Mais vous n'avez pas le droit de vous promener de ce côté du manoir.

– Vous ne direz rien, n'est-ce pas ? demanda Margarita, sûre d'elle.

Elle n'avait jamais peur de Dawson.

Dawson sourit encore. Je compris soudain l'intérêt que lui portait Lady Bartropp. Cet homme rayonnait de gentillesse, de bonté et d'humour. Tout le portait à sourire.

– Je ne dirai rien si vous m'aidez à rapporter ces fagots ! dit-il.

Il nous indiqua le tas de petit bois qu'il venait de lier et confia un fagot à chacune. Nous reprîmes le chemin du manoir.

– Est-ce qu'il y a un grand sapin foudroyé quelque part dans cette forêt ? demandai-je soudain.

Dawson s'arrêta de marcher.

– Quelle question surprenante.

– Alors ? insista Margarita.

– Non, non, pas de sapin foudroyé ici, en revanche…

Il hésita et nous invita à le suivre jusqu'à chez lui. Nous étions ravies d'avoir le privilège d'entrer chez Dawson. Nous visitions si peu les maisons des autres. Nous étions si rarement invitées. Nous n'avions pas d'amis extérieurs à l'orphelinat, si ce n'étaient les garçons de la chorale qui n'avaient de toute façon jamais exprimé la volonté de nous convier chez eux.

Dawson nous conduisit dans son bureau. Une centaine de petits cadres en bois sombre décoraient tout un mur. Il nous indiqua l'un d'entre eux. C'était une peinture ancienne qui représentait le manoir et son petit bois à l'époque où les dames avaient encore des robes à crinoline. D'ailleurs une femme posait à l'orée du bois. Je n'aperçus pas immédiatement ce qui avait poussé Dawson à nous conduire devant cette image mais Margarita poussa un petit cri.

– Oh ! Le voilà, ton sapin foudroyé !

Elle pointa du doigt l'arbre que j'avais vu en compagnie de Ginger.

Je restai bouche bée. Dawson me demanda :

– Avais-tu déjà vu ce tableau ailleurs ?

– Jamais ! lui assurai-je. Mais ce que j'ai vu cette après-midi ressemblait exactement à cela.

Dawson fronça les sourcils.

— Tu as forcément confondu le tableau et la réalité. Allez, dis-moi la vérité. Vous êtes déjà entrés chez moi un jour où j'étais au jardin, n'est-ce pas ?

— Jamais ! répétai-je. Je vous le jure.

— Alors, c'est une coïncidence... tu as dû rêver, dit-il en souriant.

Je sentais bien qu'il continuait à croire que j'étais déjà venu chez lui.

Je refusai son explication. Je lui assurai que Ginger avait retrouvé son chemin grâce à l'arbre foudroyé et j'ajoutai que nous avions vu un énorme hibou jaune.

— Comme celui-là ? demanda Dawson en pointant du doigt un autre tableau sur lequel étaient dessinés la source et l'oiseau tels que je les avais vus dans la journée. Cette source a dû se tarir avec les années... car il n'y a plus rien à cet endroit, ou alors quelqu'un a imaginé le bois avec d'autres contours. Certains peintres préfèrent déformer la réalité.

— C'est pas possible ! m'étonnai-je.

— Cette fois-ci, tu ne pourras pas me dire que tu n'avais pas vu le tableau avant puisque tu es devant depuis déjà cinq minutes, s'amusa Dawson.

Il nous renvoya au manoir et nous conseilla de dire aux sœurs que nous l'avions aidé au jardin.

— Mais surtout ne dites pas que je vous ai trouvées dans le bois. Vous vous feriez mal voir...

Il nous fit un clin d'œil et quitta lui aussi sa maison en poussant une lourde brouette remplie de godets de fleurs à planter.

– C'est encore pour mon… pour le mariage… dit-il en levant les yeux au ciel. Je crois qu'il ne va pas rester ici un centimètre carré qui ne soit pas couvert de fleurs… C'est tant mieux, vous en profiterez aussi. Je n'aime pas l'austérité habituelle de cette abbaye. La vie est bien plus belle avec des fleurs et des couleurs. Il faudrait y organiser des mariages plus souvent. Un jour, peut-être qu'on célébrera le vôtre ici… qui sait ?

– Impossible ! rétorqua Margarita. Joy et moi sommes condamnées à devenir bonnes sœurs.

– Condamnées ? Voilà un mot bien fort, s'étonna Dawson.

– Il est pourtant bien choisi, dit Margarita. Les sœurs ont décrété que nous aimions Dieu sans nous demander notre avis.

– Et ce n'est pas le cas ? s'inquiéta le jardinier.

– Si, c'est bien le cas, répondis-je, mais peut-être pas au point de l'épouser…

– Pour ma part, je manque véritablement de foi. Dawson éclata de rire.

– Mais écoutez-vous parler, vous êtes si sérieuses ! (Il imita Margarita en perchant sa voix très haut :)

« Pour ma part, je manque véritablement de foi. » Ah ! Margarita, tu es un sacré numéro… mais je peux comprendre ton point de vue, ajouta-t-il tout bas. Moi aussi, je manque parfois de foi… et pour rien au monde on ne me ferait devenir bonne sœur.

Il rit de nouveau de bon cœur.

19

Dawson avait beau rire de tout, ça ne m'amusait plus du tout. Je ne pouvais m'expliquer comment Ginger et moi avions été ainsi en contact avec une autre époque ou un lieu imaginaire. Ginger m'écouta à peine lorsque je lui expliquai ce que je venais de vivre.

— Tu dois être bigleuse, dit-elle. Il faut être bigleux pour rater le grand arbre.

— Je voudrais que tu m'y conduises de nouveau, demandai-je.

— J'ai pas envie.

— Je te donnerai mes desserts les jours où tu seras punie, proposai-je.

— Pendant un an, ajouta-t-elle.

— Pendant un an, confirmai-je.

Margarita me fit un signe pour me féliciter de mes talents de négociatrice. Mais Ginger persista à refuser de lui apporter son aide.

Je repartis donc une troisième fois vers la source, précédée par notre kangourou survolté. Dans le premier couloir, nous croisâmes deux sœurs qui demandèrent à Ginger de se tenir « comme une demoiselle ».

— De la réserve, de la discrétion... mesdemoiselles, dit la première.

— Où allez-vous comme ça toutes les deux ? demanda la seconde.

J'inventai une histoire invraisemblable de ballon perdu qu'il fallait récupérer chez Dawson. Les histoires les plus curieuses sont celles que les gens croient le plus parce qu'ils les écoutent entièrement et qu'elles ne leur évoquent rien d'autre que ce qu'elles sont.

Dès que les sœurs disparurent du couloir, nous empruntâmes le passage sombre et voûté pour déboucher une nouvelle fois dans la galerie des sculptures. Lors de notre dernière excursion, comme nous étions rentrés par le parc avec Dawson, nous avions oublié de refermer la grande porte-fenêtre par laquelle nous étions sorties. Ginger chantait une étrange chanson en boucle.

— C'est du latin ? demandai-je.

— Quoi ?

— Ta chanson.

— Je ne chante pas...

– Pourtant tu chantais une chanson en latin…

– Ça m'étonnerait, j'aime pas le latin.

Ginger me faisait un peu peur. Les sœurs avaient sans doute raison : elle paraissait dérangée.

Mais elle avait un don.

Celui de faire surgir des lieux magiques.

Lorsqu'elle bifurqua dans le bois, le sapin foudroyé et la source avaient retrouvé leur place d'antan. Le hibou jaune nous accueillit en faisant claquer ses ailes. Ginger repartit en courant.

– Je déteste ce hibou ! Viens, on rentre ! hurla-t-elle.

Je remplis ma bouteille d'eau. C'était sans doute de l'eau d'un autre temps. N'allait-elle pas s'évaporer avant que nous soyons sorties de la clairière ?

Ginger reprit sa chansonnette étrange et je quittai le bois en fixant la cime du sapin foudroyé. Je voulais savoir à quel moment il allait disparaître du paysage, à quel moment nous rentrerions de nouveau dans notre monde. J'avançai donc à reculons, sans regarder où je mettais les pieds. Je trébuchai, la bouteille se brisa. À peine l'eau avait-elle touché le sol de l'allée sablonneuse qu'elle se transforma en une multitude de papillons.

– De l'eau papillon ! m'exclamai-je. On doit être dans un rêve, tu ne crois pas, Ginger ?

Ginger ne semblait pas surprise. Elle avait juste hâte de s'éloigner de l'oiseau.

– Je n'ai plus de bouteille maintenant. Comment vais-je rapporter l'eau pour Prudence ? m'inquiétai-je.

– Tu reviendras.

– Quand je reviens sans toi, tout cela n'existe plus. Tu dois être une fée ou une sorcière...

– Je préférerais être un fantôme... pour être avec les morts, dit Ginger.

– On ne choisit pas ce qu'on est.

– Qui choisit alors ? demanda Ginger.

Elle me fixa de ses yeux étranges. Sa petite bouche était de nouveau serrée, son cou me parut démesuré tant elle le tendait dans ma direction.

– Qui choisit alors ? répéta-t-elle.

– Dieu. Enfin, c'est ce qu'on nous a toujours appris...

Ginger se mit à rire. Un rire pas très drôle, angoissant même.

– Tsss ! Tu n'y connais rien ! s'exclama-t-elle. Je croyais que tu m'apprendrais des choses intéressantes parce que tu es plus grande...

Je m'intéressais trop aux réactions étranges de Ginger et j'omis donc de continuer à fixer la cime du sapin. Lorsque je me retournai, le bois avait repris ses contours actuels.

– Le sapin a disparu, la source a disparu ! consta-tai-je.

Ginger ne se retourna pas :

– T'es plus grande, mais qu'est-ce que tu dis comme bêtises… tu me donnes pas trop envie de grandir, franchement.

Elle reprit son affreuse chansonnette. Nous étions arrivées dans la salle des sculptures.

– Arrête de chanter ce truc ! C'est inquiétant…

– Mais tu es dingue, je te répète que je ne chante pas…

– Alors j'ai des voix, dis-je sans y croire.

– Tu ne serais pas la première… soupira Ginger.

– Je plaisantais…

– Pas moi ! Daffodil aussi m'entend chanter en latin. Mais je ne chante pas ! Vous m'entendez tou-jours quand je vous tourne le dos mais si vous voyiez ma bouche vous réaliseriez que ce n'est pas moi qui chante…

Mes poils se hérissèrent. Ginger m'effrayait de plus en plus.

– Qui chante alors ?

– Le fantôme, pardi.

Nous avions fait une halte dans la salle blanche. Les sculptures nous regardaient, nous écoutaient. Les ombres de cette fin d'après-midi s'étalaient sur les murs de la pièce comme des lambeaux de cauchemar. Je m'enfuis en courant.

Je revins sans eau de source mais j'assurai à June et Margarita que Ginger avait le pouvoir de remonter le temps du petit bois.

— C'est original, dit June en riant. Moi, je ne sais remonter que les horloges.

— S'il existe vraiment une source, il faut que vous retourniez chercher de l'eau, ordonna Margarita, mais franchement, j'en doute... Ton histoire ne tient pas debout. Vous vous êtes peut-être promenées dans les tableaux de Dawson, plaisanta-t-elle. Il n'y a que dans les livres qu'on voyage dans le temps ou dans les mondes parallèles...

— Il y a toujours un peu de réalité dans les livres. On ne peut pas tricoter un pull sans avoir de laine. Les écrivains n'inventent rien, ils arrangent juste le monde à leur sauce. Moi, je te jure que Ginger me fait voyager dans un autre monde et je te jure que nous ne sommes pas dans un roman. Tu me crois ?

Margarita baissa les yeux et hocha la tête. Elle parut un peu triste de ne pas avoir eu la chance de partager ce voyage avec moi. Elle n'aimait pas que l'on prenne de l'avance sur elle ni que l'on sache plus de choses qu'elle.

La cloche du dîner retentit.

Il était trop tard pour tenter une nouvelle expédition chez le hibou jaune.

20

Prudence revint à l'orphelinat dès le lundi. Elle semblait toujours aussi malade. Les médecins n'avaient pas trouvé ce qui l'affaiblissait ainsi. Nous n'eûmes pas une minute à nous pour nous échapper vers le bosquet. En effet, tous nos temps morts étaient utilisés à installer les équipements et décors du futur mariage. Je fis le projet de me rendre à la source mercredi, juste après le déjeuner. Encore fallait-il que Ginger veuille bien m'y conduire car, entre ses sauts de kangourou et ses sautes d'humeur, elle restait assez peu fiable et imprévisible.

Lady Bartropp, qui nous rendait visite chaque mardi, se rendit au chevet de notre amie en fin d'après-midi.

Prudence délirait dans son sommeil. Elle suait beaucoup et tournait la tête comme si on était en train de la gifler.

— … la relève du frère alcoolique, du jardinier curieux, de mademoiselle Bartropp… marmonnait-elle.

Lady Bartropp ouvrit de grands yeux surpris.

— Oui, Prudence, je suis venue prendre la relève. Vous m'avez donc reconnue ? Comment vous sentez-vous, Prudence ?

— Alcoolique, répéta Prudence.

June ne put contenir un fou rire en voyant se déformer le regard de Lady Bartropp qui répéta :

— Alcoolique ?

— La relève, répéta Prudence… le jardinier et Bartropp…

Cette fois, ce fut Margarita qui contint son sourire. L'évocation de ces deux mots avait fait rougir et toussoter Lady Bartropp. Margarita me confirma d'un regard que ses suppositions concernant Dawson et notre bienfaitrice étaient probablement exactes.

Fallait-il expliquer à Lady Bartropp qu'elle ne comprenait rien au délire de Prudence ? Fallait-il lui parler du manuscrit ? Margarita soulevait ses sourcils en guise de questionnement.

— Margarita, venez près de moi, ordonna soudain la grande dame. Et vous aussi, Joy. Elle poursuivit à voix basse :

– Je veux que vous me disiez très franchement si les sœurs s'occupent bien de Prudence.

– Qu'est-ce que signifie bien s'occuper ? Tout est si relatif, dit Margarita.

Je lui fis les gros yeux. Elle me reprochait d'utiliser trop souvent cette expression mais elle ne s'en privait pourtant jamais.

– A-t-elle suffisamment à manger ? chuchota Lady Bartropp en s'assurant que sœur Ethelred ne nous écoutait pas.

– Nous nous occupons de ça ! répondit Margarita. Nous remontons des provisions à Prudence mais elle n'a même plus la force de manger.

– Peut-être savez-vous, vous, pourquoi elle ne parvient pas à guérir ? poursuivit Lady Bartropp. Il paraît qu'on ne lui trouve aucune maladie, à part cette plaie qui ne guérit pas sur son bras.

– C'est une brûlure ! m'exclamai-je.

Margarita m'écrasa le pied pour que je me taise.

– Une brûlure ? réagit immédiatement Lady Bartropp. Comment s'est-elle brûlée ?

Je m'assis sur mon lit et ouvris un livre, l'air détaché.

– Je vous parle, jeune fille, dit sévèrement Lady Bartropp.

Je bafouillai et ne parvins pas à justifier ma réponse.

Seule la vérité me venait à l'esprit. Je voulais raconter ce qu'il s'était passé dans les sous-sols de l'abbaye, dire la vérité, sauver Prudence. Mais le regard glacé de Margarita me paralysait.

– Je… je trouvais juste que cela ressemblait à une brûlure… dis-je… mais j'ai dû me tromper.

– Avez-vous au moins déjà vu une brûlure ? demanda Lady Bartropp.

– Non, pas vraiment, avouai-je.

– Eh bien, Joy, vous apprendrez qu'on ne peut parler que de ce que l'on connaît.

Ginger regardait par la fenêtre en sautillant d'un pied sur l'autre. Encore une fois, je crus entendre sa chanson latine. Elle se retourna et dit, sans hésiter :

– Vous connaissez Dieu ?

– Connaître, c'est un bien grand mot, répondit Lady Bartropp.

– Et pourtant, vous en parlez… Donc, vous voyez qu'on peut parler de ce que l'on ne connaît pas.

Sœur Ethelred, qui avait écouté la conversation, punit immédiatement Ginger pour son insolence, mais Lady Bartropp sourit et retira cette punition, prétextant que la remarque de notre amie était pertinente et poussait à réfléchir.

Sœur Ethelred ajouta :

– Un dessert en moins ne lui fera pas de mal.

Lady Bartropp sourit de nouveau.

– Au contraire, ma sœur, un dessert en plus serait le bienvenu pour féliciter cette jeune fille de son intelligente réflexion. Je suis pour qu'on encourage le développement de l'esprit de ces enfants, non pour qu'on l'entrave.

Nous avions toutes envie d'applaudir Lady Bartropp, nos yeux pétillaient de bonheur. Sœur Ethelred ne pouvait pas répondre. Elle enrageait, serrant ses petits poings et ses mâchoires.

– Tu vois, elle ne peut pas mordre la main qui la nourrit, me dit Margarita à l'oreille. L'argent est un cloueur de bec très efficace.

Margarita prenait son air d'adulte pour m'expliquer comment tournait le monde. Je n'aimais pas trop les airs d'adulte. Ma mère disait toujours que les adultes n'étaient que des enfants qui avaient grandi et qu'il n'y avait pas de raison de devenir sérieux avec l'âge. Margarita était souvent trop sérieuse, elle se prenait parfois pour mon professeur de vie. J'avais eu beaucoup de respect pour tout ce qu'elle m'apportait mais son ton m'agaçait de plus en plus. Il aurait été plus agréable de rire des travers de l'homme, comme le faisait Maman, plutôt que de les critiquer avec cet air de tout savoir qui ne trompe que les jeunes enfants ou les simples d'esprit. Je réalisai à cet instant que je n'étais plus une jeune enfant et que mes deux voyages dans le bois m'avaient apporté quelque chose de plus. Une certaine assurance, le recul nécessaire pour ne pas me laisser marcher sur les pieds.

Lady Bartropp se tourna de nouveau vers nous, abandonnant sœur Ethelred à ses grincements de dents.

— Dites-moi, les filles, est-ce que Prudence était heureuse avant de tomber malade ?

— On ne peut pas être une orpheline heureuse, dit Ginger, qui s'entraînait maintenant à ramper sous les lits.

— Moi, je suis heureuse ! déclara June.

— Mais toi, tu as encore des parents ! dit Ginger. C'est pas pareil.

— Mes parents sont morts dans ma tête. C'est exactement pareil.

— C'est pas pareil ! protesta Ginger en continuant à ramper.

— C'est pareil.

— C'est pas pareil !

— C'est pareil.

Cela se poursuivit ainsi pendant une longue minute. Lady Bartropp observait le duo, l'air amusé, mais Prudence reprit ses murmures :

— Tu prends la relève du frère alcoolique... du jardinier curieux... de mademoiselle Bartropp.

— Décidément, elle n'a que cela en tête ! remarqua Lady Bartropp. Pensez-vous que le jardinier curieux puisse être Dawson ? Dawson n'est pourtant pas curieux. Au contraire, c'est un homme discret, réservé... Je me demande bien qui peut être le frère alcoolique, en tout cas ?

Nous restions debout autour de Lady Bartropp. Nous hésitions toutes les trois à lui confier notre secret, à lui montrer le manuscrit. Cette femme nous faisait peur. C'était un peu notre reine à toutes. Une reine généreuse, attentive et protectrice, mais une reine quand même. Notre avenir était largement entre ses mains. Et puis, nous avions pris l'habitude de craindre les adultes, car les adultes que nous fréquentions à l'orphelinat, en dehors de Dawson ou de sœur Alarice lorsqu'elle se réveillait de sa sieste, étaient assez antipathiques. Pourtant, une sœur vint changer l'idée que nous nous étions faite de la grande famille de l'église.

— Je vous présente sœur Eulalie, nous dit Lady Bartropp lorsqu'une petite femme franchit la porte du dortoir. Sœur Eulalie est infirmière. Elle veillera désormais sur Prudence jour et nuit.

Sœur Eulalie avait un merveilleux sourire, des yeux d'un vert intense, le teint très mat et un grain de beauté entre le nez et la bouche.

Elle voulut connaître notre prénom et nous demanda ce que nous aimions dans la vie.

À cette question, seule Margarita sut répondre :

— Lire. J'aime lire.

— Merveilleuse occupation, remarqua sœur Eulalie. Moi aussi, je passe des heures à lire. Les livres nous offrent la possibilité de vivre plusieurs vies en une. Parfois, ils nous apportent même des solutions à nos problèmes, n'est-ce pas ?

Margarita sourit à son tour comme je l'avais rarement vue sourire.

On installa un lit supplémentaire dans un coin de la salle, derrière des paravents, puis l'on déplaça le lit de Prudence à cet endroit.

Lady Bartropp vérifia que tout était en ordre avant de nous laisser. Ginger s'approcha d'elle en sautant, à cloche-pied cette fois, et lui colla un gros baiser sur la joue.

— Merci ! lui dit-elle. Merci pour le dessert en plus et merci d'écouter les enfants.

— J'écoute les enfants, mais ça ne m'empêche pas de leur apprendre la correction. Ginger, on n'embrasse pas une Lady comme vous venez de le faire. Une petite révérence aurait été plus appropriée, répondit Lady Bartropp en levant le menton.

Malgré les airs qu'elle se donnait, on voyait bien

qu'elle ne voulait pas de mal à Ginger. Ses yeux restaient joyeux.

Elle vérifia que sœur Ethelred ne l'entendait pas et dit :

— Je compte sur vous, Ginger, pour me dire si les sœurs oublient votre dessert en plus. D'accord ? Il me semble que certaines choses doivent changer ici. J'aurais dû m'en rendre compte avant.

Étrangement, Ginger se tint tout à fait tranquille pendant que Lady Bartropp s'adressait à elle. Lady Bartropp lui demanda quelle était la chanson qu'elle avait fredonnée plus tôt.

— Vous savez, cette chansonnette en latin que vous avez répétée des dizaines de fois, quelle est-elle ?

— Je n'ai rien chanté ! Les gens pensent toujours que je chante, mais ce n'est pas moi, je vous assure.

— Eh bien, disons que vous ne vous rendez pas compte que vous chantez. C'est bien, Ginger, cela prouve que vous êtes joyeuse...

— Je ne chante pas. En plus, je déteste le latin.

Lady Bartropp ignora la dernière réponse de Ginger et partit discuter à voix basse derrière les paravents avec Eulalie.

Ginger marmonna :

— Pourquoi personne ne veut me croire quand je dis que je n'ai pas chanté ?

— Moi, je te crois, lui dis-je en posant ma main sur son épaule. Moi, je sais que tu n'es pas vraiment comme nous.

21

Comme prévu, le mercredi, après les heures d'instruction religieuse, je volai une bouteille vide à la cuisine et demandai à Ginger de m'accompagner à la source. Ginger n'hésita pas un instant. Elle m'appréciait un peu plus depuis que je lui avais dit que je la comprenais.

— Mais je te préviens, si la chouette est là, je ne reste pas, dit-elle.

— Elle ne peut rien te faire, tu sais. Ce n'est qu'un oiseau.

— La Grande Chouette d'Alvénir peut te garder à tout jamais là-bas.

— Qui t'a raconté ça?

— La voix.

— Celle qui chante en latin?

— Non, celle qui n'arrête pas de me raconter des histoires qui me font peur. Celle qui parle dans ma tête.

Elle se blottit contre moi. Elle était glacée.

— Je cours partout pour ne pas l'entendre, mais elle est souvent là.

— Qui est Alvénir ? demandai-je.

— C'est un pays. Le pays d'Alvénir. La voix dit que c'est le pays de ce qui nous manque.

— Mais pourquoi es-tu la seule à savoir y entrer ? Pourquoi Margarita, June et moi ne pouvons-nous pas trouver l'accès…

— Probablement parce qu'il ne vous manque rien…

— C'est n'importe quoi. Mes parents me manquent. Ma vie d'avant me manque.

— Alors, peut-être que ce sont mes voix qui savent entrer là-bas.

J'entrai dans la clairière en tremblant. Je ne voulais pas être attrapée par le grand oiseau mais je devais absolument rapporter de l'eau pour Prudence. Il était là, il me regardait de ses yeux scintillants comme des topazes. Je me dis que je n'avais jamais craint cet animal avant et que la peur s'installait donc uniquement lorsque l'on était prévenu du mal que pouvait provoquer quelque chose ou quelqu'un. Je me dis que l'innocence et l'ignorance m'avaient jusqu'ici permis d'avancer sans crainte et j'essayai de garder cet état d'esprit mais il m'était impossible d'oublier ce que

Ginger venait de me dire. J'avais peur de la chouette d'Alvénir mais encore plus peur de Ginger, de ses voix, de ses pouvoirs extraordinaires, de ce monde dans lequel je risquais peut-être ma vie pour sauver celle de Prudence. J'avais peur comme jamais.

– Je viens juste reprendre de l'eau, dis-je à la chouette.

Jusqu'ici j'avais cru qu'il s'agissait d'un hibou.

Elle déploya ses grandes ailes comme elle l'avait déjà fait et les fit claquer en volant d'un arbre à l'autre.

Je marchai prudemment jusqu'à la source, je levai bien haut les pieds pour éviter les serpents dont m'avait parlé Ginger. La chouette s'envola de nouveau et vint se poser à mes côtés.

– Vous ne pouvez pas reprendre d'eau. Une carafe pleine par demi-siècle. Pas plus. Vous avez déjà pris de l'eau dans ton mouchoir et dans la bouteille… le compte y est.

– Mais j'ai cassé la première bouteille.

– C'est votre problème. Lorsqu'on porte un trésor, on y fait attention.

– Prudence va mourir si je ne lui apporte pas d'eau.

– Prudence mourra. D'autres vivront. On ne peut pas arrêter tout ça.

— Vous êtes terrible ! Prudence n'a que douze ans…

— Oh, vous savez, l'âge… ça ne veut rien dire… c'est l'âme qui compte.

— Prudence a une belle âme.

— Je n'ai pas dit le contraire.

Je reçus un coup d'aile sur la main.

— Psss ! Reposez cette bouteille ! Ne prenez pas d'eau. Je vous dis que c'est interdit.

— Par qui ?

— La loi d'Alvénir.

— Qui la dicte ?

— La loi, c'est la loi, on s'en fiche bien de qui la dicte…

J'avais très peur que l'oiseau me garde ici prisonnière. Peut-être que le seul fait de lui avoir parlé m'enfermerait en une autre époque jusqu'à la fin de mes jours. Peut-être ne pourrais-je jamais rentrer à l'orphelinat.

Ginger observait la scène de loin. Elle me faisait signe de revenir vers elle mais à quoi bon repartir sans l'eau salvatrice ? Dès que je tentais de plonger ma bouteille dans la fontaine, je recevais une gifle d'aile sur le bras.

— Quelle entêtée ! répétait le volatile. Pas d'eau, j'ai dit pas d'eau !

Plus les minutes passaient et plus je trouvais cette Grande Chouette ridicule et inoffensive.

— Que va-t-il m'arriver si j'en prends ? demandai-je innocemment.

— Vous transgresserez la loi.

— Et alors ?

— Il n'y a rien de pire.

— Pas de punition ?

— Qu'est-ce qu'une punition ?

C'est ainsi que je compris qu'en Alvénir il n'existait ni sanctions ni punitions pour les erreurs commises, car personne ne transgressait jamais la loi. Comme rien n'était prévu pour mon cas, je remplis la bouteille tant bien que mal. L'oiseau me donnait de grands coups d'aile sur le bras.

Ginger, quant à elle, terrorisée s'était mise à crier :

— Arrête ! Arrête ! Reviens ! Elle va te faire prisonnière ! La Grande Chouette d'Alvénir garde les gens ici.

L'oiseau se tourna vers Ginger :

— Je ne suis pas la Grande Chouette d'Alvénir, vous ne savez donc pas lire.

— Que dois-je lire ? s'étonna Ginger.

Sa voix tremblait.

– Les panneaux, pardi ! Les panneaux, pardi !
s'énerva-t-il.

Il pointa de l'aile une plaque de bois clouée sur l'un
des sapins. On pouvait y lire : Alfébor, grand gardien.

– C'est vous ? demanda Ginger.

Il hocha la tête fièrement.

– Et je suis un hibou… c'est évident…

– Que gardez-vous ? demanda Ginger.

– Pfff ! En voilà une question idiote !

Ginger, dont la peur ne s'était pas amenuisée, malgré tout ce que nous venions d'apprendre, s'excusa
platement.

Je lui fis signe qu'il fallait partir. J'avais pu terminer de remplir ma bouteille tranquillement.

– Où se trouve la Grande Chouette d'Alvénir,
alors ? demanda Ginger, toujours inquiète.

– Pfff ! En voilà une autre question idiote !

– Est-ce que vous pouvez y répondre quand
même ? dit-elle d'une voix fluette.

– Bien sûr que non. Je n'ai pas le droit de répondre aux questions idiotes.

– Qui décide qu'elles sont idiotes ? demandai-je.

– Pfff ! Quelle question idiote ! répéta-t-il.

Je me dirigeai discrètement vers la sortie de la
clairière, Ginger salua le gardien et s'empressa de me
rejoindre.

Mais le hibou vola jusqu'à nous et nous barra le chemin en ouvrant ses grandes ailes. Ginger se blottit contre moi en sanglotant.

– Rendez-moi l'eau immédiatement! ordonna l'oiseau en colère.

– Non! m'opposai-je alors, certaine qu'aucune sanction ne pourrait m'être affligée.

Ginger ne me lâchait pas. Le hibou tenta de se battre avec moi. Il me donnait des coups de bec sur les bras, il tentait de nous envelopper de ses ailes mais je parvins à nous dégager rapidement et à courir jusqu'à l'allée en protégeant Ginger… et la bouteille.

Dès que nous eûmes posé les pieds dans l'allée sablonneuse qui séparait les deux côtés de la forêt, le grand sapin foudroyé disparut du paysage, emportant avec lui le hibou, la clairière et la source.

– Merci Ginger! C'est grâce à toi que Prudence va guérir.

– Je te préviens que c'est la dernière fois que je viens ici. J'ai eu bien trop peur.

– Nous n'aurons plus besoin de revenir.

22

Nous pensions être sorties d'affaire et marchions tranquillement vers le manoir. Quelques chants d'oiseaux accompagnaient notre retour. Il faisait bon. J'adorais les jours où l'on ne sentait ni le chaud ni le froid, ces jours où mon corps se fondait dans l'air tiède. Je ne faisais même plus attention à la chansonnette qui suivait systématiquement Ginger lorsqu'elle marchait devant moi. Cela finissait par faire partie d'elle, comme ses cheveux auburn. Ginger traînait derrière elle une chanson latine. Il fallait s'y habituer mais, après tout, certaines personnes traînaient bien de la haine, du mépris, de la jalousie et des tas de choses bien pires qu'une chanson latine… Je décidai donc de ne plus lui faire remarquer.

Soudain, une chape de brouillard s'abattit sur nous. L'air devint glacé. Des centaines de papillons verts surgirent du centre du nuage, puis une femme vêtue d'un smoking d'homme prit forme devant nous.

— Je suis la Grande Chouette d'Alvénir, dit-elle d'une voix très douce.

J'ignore pourquoi, malgré l'angoisse qu'aurait dû provoquer une telle situation, j'éclatai de rire :

— Je suis le chien du futur, dis-je.

En fait, je pensais être dans un rêve et m'autorisais donc à dire ce qu'il me plaisait.

— Tu n'es pas un chien, rectifia Ginger... et vous n'êtes pas un hibou, madame.

Je restais persuadée que j'avais dû m'endormir sur le chemin ou que ce que j'avais vécu dans ce bois avec Ginger n'était en fait qu'un songe. Après tout, j'étais bien la seule à avoir vu le grand arbre et la source de l'autre monde. Dawson avait sans doute raison, j'avais dû construire cette histoire à partir d'images entraperçues sur son mur ou ailleurs. Pourtant, je tenais cette bouteille entre les mains. Où avais-je pu la remplir si ce n'était à la source du temps passé ?

— Vous n'avez pas le droit de prendre encore de l'eau, dit la femme... la chouette... enfin... la créature.

— Nous n'avons pas le droit mais nous le prenons parce que autrement notre amie va mourir.

— Prenez ce droit et je vous garde à tout jamais en Alvénir.

– Je me disais bien qu'un monde sans sanctions ne pouvait pas exister... même en rêve... dis-je.

– J'ai peur, j'ai trop peur, dit Ginger en se cachant sous mon bras. La voix avait raison, tu vois.

– Je crois qu'on est dans un rêve. Ne t'inquiète pas trop. Le problème, c'est que je ne sais pas si c'est le mien ou le tien.

La femme s'impatienta.

– L'eau, s'il vous plaît. Je n'ai pas que ça à faire !

– Mon amie Prudence a été brûlée par un être maléfique. Seule l'eau de votre source pourra la guérir. S'il vous plaît, laissez-nous repartir avec cette bouteille !

La femme souleva les sourcils.

– Qui est cet être maléfique ?

– Prudence dit qu'elle lui appartient désormais. Il vit sous l'abbaye.

– Le Green Devil ! s'exclama la Grande Chouette. Ce type est infréquentable. Il adorait semer la zizanie au sein de notre peuple. Vous n'avez sans doute jamais entendu parler de la révolte des Mogadors mais il est à l'origine de bien des malheurs ici. Nous l'avons chassé d'Alvénir il y a plus de deux siècles... Il est parti en emportant notre bien le plus cher : Alsima, l'albinos... Seule la chatte Alsima pouvait ouvrir les portes du temps. Depuis, il survit comme il le peut dans la cave de l'abbaye. La lumière du jour le tuerait. Il attend ses proies dans l'ombre des souterrains.

– Ses proies ?

– Depuis que nous l'avons chassé d'Alvénir, il a besoin des hommes pour survivre. Ici, la source nous garde en vie, chez vous, c'est l'homme lui-même qui fabrique l'énergie vitale. Rapportez-moi Alsima et vous pourrez prendre de l'eau pour guérir votre amie.

– Ce n'est sûrement pas un rêve, me dit Ginger. La voix m'avait déjà parlé d'Alsima.

– Au contraire, ce que tu me dis là ne ressemble pas du tout à la réalité...

– Le rêve n'est pas l'opposé de la réalité, chère mademoiselle. Le rêve est son complément, dit la femme-chouette.

– Quel est l'opposé de la réalité alors ? demandai-je.

– L'illusion.

Le brouillard se dissipa, la femme s'évapora, les papillons devinrent des flocons de neige qui fondirent immédiatement sur le sol.

Je n'avais plus la bouteille dans la main.

Lorsque nous fûmes de retour dans le dortoir, Margarita refusa de me croire.

— Cela fait trois fois que tu te rends là-bas et tu n'as pas été foutue de rapporter une bouteille d'eau !

Eulalie nous demanda de baisser le ton. Elle s'occupait de Prudence avec une grande gentillesse. Elle lui lisait des histoires, posait des compresses fraîches sur son front, la nourrissait par toutes petites bouchées.

Je racontai tout bas ce que je venais d'apprendre sur le Diable Vert, et ces indications poussèrent Margarita et June à me croire davantage.

— Rapporter une chatte ? Mais à quoi elle ressemble cette chatte ? s'exclama Margarita. Des chats, il y en a partout.

— Elle est albinos.

June fit une grimace :

— Je ne sais pas ce que ça veut dire…

— Blanche aux yeux rouge, précisa Margarita.

Personne n'avait envie d'affronter le Diable Vert. Pourtant, il fallait sauver Prudence car, si les bons soins de sœur Eulalie lui apportaient un confort inespéré jusqu'alors, nous savions pertinemment que seule l'eau d'Alvénir pourrait la garder en vie. Mais descendre dans le souterrain, affronter la créature, craindre sa brûlure, risquer nos vies pour récupérer un chat nous terrorisait à l'avance. Sans compter qu'il fallait trouver comment rejoindre les sous-sols sans être repérées. Margarita réfléchit longtemps. Sa raison la poussait à oublier cette mission.

— Nous n'y arriverons pas, répétait-elle. Regardez dans quel état il a mis Prudence.

— Il mourrait si on l'exposait à la lumière du jour ! C'est la Chouette d'Alvénir qui nous l'a dit, fis-je fièrement.

— Mais on ne peut pas toucher cet homme… C'est trop dangereux ! s'exclama June. Il faut simplement essayer de capturer le chat… on devrait faire un piège… un panier qui se referme tout seul.

L'idée de June fut adoptée. Sa réalisation nous posa pourtant plus d'un problème.

23

Margarita eut l'idée d'emprunter un panier à Daw-son. Elle prétendit qu'elle en avait besoin pour un jeu. Il s'agissait du panier dans lequel le jardinier transportait les poussins qu'il achetait au marché. Hope, qui avait suivi notre entreprise, nous fit remar-quer qu'une odeur de volaille allait forcément allé-cher le chat mais June émit une hypothèse troublant nos projets.

— On voudrait attirer ce chat avec de la nourri-ture... mais qui nous dit que ce chat mange ? Que voulez-vous trouver comme aliments dans cette cave ? Des champignons ? Moi, je pense que les êtres d'Alvé-nir n'ont pas besoin de manger puisque ce sont des êtres magiques...

— Peut-être que le Diable Vert sort la nuit pour trouver à manger... cela expliquerait les vols dans la cuisine dont nous a parlé Lady Bartropp ! suggéra Margarita.

– Et ceux du potager dont se plaignait Dawson !
ajoutai-je.

Je demandai à Kimberley de se faufiler dans la cuisine et de piquer une bouteille de lait. Elle adorait les missions de ce genre et ne tarda pas à nous rapporter son butin.

Nous partions donc de la supposition que le Diable Vert sortait le soir. D'ailleurs, n'était-ce pas lui cette silhouette bossue aperçue dans le parc le jour de la disparition de Prudence ? Il était certainement moins dangereux d'aller capturer le chat en l'absence de la créature. Il fallait surveiller ses habitudes de sortie et descendre dans son enfer dès qu'elle serait dehors.

Cependant, depuis que sœur Eulalie dormait dans un coin du dortoir, il paraissait plus compliqué d'agir à notre guise pendant la nuit. Sœur Eulalie veillait Prudence et s'imposait pour cela un sommeil léger. Ce soir-là, elle nous proposa de jouer aux cartes avec elle. Nous aimions toutes sœur Eulalie, sa bonté, son calme, sa douceur et sa joie de vivre mais nous rencontrions face à elle le même problème qu'en la compagnie de Lady Bartropp : pouvions-nous nous confier à elle sans crainte ?

Elle avait sans doute perçu notre inquiétude car elle ne tarda pas à nous dire qu'elle souhaitait nous aider dans ce que nous mijotions pour guérir Prudence.

– Nous ne mijotons rien, je vous assure ! réagit immédiatement Margarita.

Sœur Eulalie lui fit un clin d'œil.

– Je ne suis ni sourde ni aveugle, les filles… Vous chuchotez toute la journée, vous missionnez Kimberley vers la cuisine, vous rapportez un panier… De plus, vous semblez en savoir beaucoup plus sur sa brûlure que ce que vous avez raconté à Lady Bartropp… J'ai un sixième sens, je suis une experte pour entendre ce que l'on essaie de me cacher. Mais que préparez-vous exactement ?

Un silence pesant fit suite à cette remarque. June, Margarita, Hope et moi, assises derrière les paravents autour du lit de Prudence, observions toutes les quatre notre jeu de cartes avec un intérêt démesuré.

– D'accord, d'accord ! s'exclama sœur Eulalie, ne me dites rien ! Mais sachez que je suis de votre côté s'il s'agit d'aider Prudence d'une façon ou d'une autre. J'ai toujours fait confiance aux enfants. J'aime les enfants.

Une petite lumière s'alluma dans nos quatre cœurs. Eulalie venait de prononcer des mots plus magiques que les papillons-neige d'Alvénir. Pour la première fois depuis si longtemps, nous entendions des mots d'amour. Hope posa ses cartes et s'installa sur les genoux d'Eulalie, qui la prit contre elle avec une grande tendresse. Margarita se mordait le coin de la bouche. En général, dès qu'elle sortait de ses romans, elle affrontait le quotidien armée de ruse, de méfiance et de maturité, elle avançait comme une guerrière, persuadée que le monde était forcément cruel et dangereux. Les paroles pacifistes de sœur Eulalie vinrent donc la perturber un instant. Elle ne savait pas comment les recevoir. Rien n'était prévu chez elle pour entendre des mots simples et doux.

– Nous allons guérir Prudence, j'en suis persuadée, j'ai la foi, assura Eulalie.

– Ça fait quoi exactement d'avoir la foi ? demanda Margarita. De temps en temps, je me demande si je ne rate pas quelque chose.

– Mais tu as la foi, Margarita, s'exclama sœur Eulalie. Tu aimes la vie, tu crois en tes amis, en l'avenir, tu rêves à demain, tu ne crains pas grand-chose parce que tu te sens forte et protégée par ta foi… tu es positive et optimiste… sans hésitation : tu as la foi !

– Je croyais qu'il fallait croire en Dieu… dit Margarita.

– Il faut croire en la lumière qui est en toi, ton

énergie, ta force de vie… Prudence, elle, a perdu tout cela.

— Elle ne l'a pas perdu, on lui a volé, expliqua Hope.

À cet instant le visage de Margarita me fit si peur que j'en lâchai mes cartes. Elle fusillait Hope du regard et contractait ses mâchoires d'une manière exagérée. Hope réalisa qu'elle avait encore fait une gaffe et implora le pardon de Margarita en se mettant à genoux. Sœur Eulalie resta perplexe devant cette scène.

— Qu'est-ce que cela signifie ? Pourquoi te mets-tu dans cet état, Hope ? Tu n'as pas à t'agenouiller devant ton amie… et toi, Margarita, on dirait que tu terrorises ta copine… Tu ne me rassures pas, dit-elle.

— C'est juste un jeu… dit June, pour nous éviter des problèmes.

Hope fit une grimace qui signifiait qu'elle ne pouvait rien ajouter à cela mais qu'elle aurait pourtant bien aimé. Sœur Eulalie la reprit sur ses genoux et nous engagea à commencer notre partie de cartes.

Avant que sœur Ethelred ne vienne abaisser la manette du disjoncteur, nous organisâmes un tour de garde pour la nuit. Celle qui veillait devrait se placer à la fenêtre et surveiller les allées et venues dans le parc.

Sœur Eulalie fit mine de ne pas se mêler de nos projets mais nous savions qu'elle n'attendait qu'un signe de notre part pour se rallier à notre groupe. June tira au sort nos heures de garde. Je dus assurer la dernière partie de la nuit. Hope, qui voulait absolument participer à notre chasse au diable, fut missionnée pour le premier quart. June puis Margarita se succédèrent. Elles ne virent que des lapins éclairés par la lune. Quant à moi, j'eus quelques difficultés à me lever si tôt, je grelottai devant la fenêtre, mes paupières descendaient doucement sur mes yeux fatigués, je me concentrai pour être vigilante mais je n'étais pas encore sortie de mes rêves et mon attention ne cessait de décliner. Les ombres de la nuit me parurent inquiétantes, les chauves-souris se transformèrent en vampires démoniaques, le chuintement du chat-huant me glaça plus d'une fois le sang. Heureusement, le jour revint vite, joyeux et insolent – j'aurais aimé être insolente comme un jour qui se lève. Il fit disparaître les fantômes, les diables et les peurs qui se cachaient dans les arbustes, dans les talus et dans ma tête. Je me recouchai pendant une petite heure. Le bilan de la nuit n'était pas très positif, nous n'avions pas plus d'information sur les heures de sortie de la créature qu'hier soir, cependant, j'étais ravie d'avoir mis un peu de désordre à mes habitudes, ravie d'avoir bousculé mon sommeil, ravie d'avoir connu l'aube et son éphémère rosée de fée.

24

Pendant la nuit, l'état de Prudence avait empiré. Sœur Eulalie semblait désemparée devant le corps inerte et livide de notre amie. Elle lui caressait le front et lui fredonnait des chansons mais ne trouvait aucun remède à son mal. Le médecin avait prescrit trois piqûres par jour, un remontant, avait-il précisé. Prudence ne réagissait même plus lorsque l'aiguille lui transperçait la chair. Parfois j'entendais Eulalie rouspéter :

— Je ne sais même plus où piquer dans de si petites fesses ! Trop de bleus ! Je vais devoir piquer dans les cuisses... Du remontant, tu parles... il met un peu de temps à agir, le remontant...

Prudence ne parlait plus dans son sommeil, Prudence ne bougeait plus dans son sommeil, Prudence nous faisait très peur. Plus les heures passaient, plus je la trouvais morte.

Le médecin revint. Il tenta de réveiller la malade, elle ouvrit un œil quelques secondes. Il ouvrit sa bouche avec un bâtonnet de bois et déclara qu'elle devait boire d'avantage. Puis il reconnut qu'il avait sous-estimé la gravité de la maladie et ajouta quelques produits à mélanger dans la seringue.

– Je crois qu'il s'agit d'une faramiterbiose aiguë, dit-il. C'est sérieux. Très sérieux. Il leva les sourcils en regardant Eulalie. Il pensait sans doute que nous n'étions pas en mesure de comprendre qu'il exprimait ainsi sa peur de voir Prudence mourir.

– Elle est presque morte, n'est-ce pas ? demanda Ginger.

– Soit on est mort, soit on est en vie, précisa sœur Eulalie. Tant que Dieu nous garde ici, l'espoir persiste.

– Oui, mais la vie, c'est quand même mieux que l'espoir, répondit Ginger et, pour l'instant, elle a plus d'espoir que de vie… et encore, c'est parce que vous êtes là pour espérer… moi, je sais bien que parfois ça sert à rien d'espérer.

Le médecin n'écoutait rien, il rangeait son stéthoscope dans sa mallette. Eulalie, elle, s'accroupit pour parler à Ginger. Elle lui prit les mains et lui confia des secrets à l'oreille. Sœur Ethelred surveillait la scène. Dès que le médecin fut parti, elle fit remarquer à sœur Eulalie qu'elle devait se contenter de veiller sur

Prudence et se méfier des mauvaises habitudes qu'elle était en train de donner aux autres pensionnaires.

— Quelles mauvaises habitudes? s'étonna sœur Eulalie.

— Vous essayez de remplacer leur mère. Or nous ne pouvons pas remplacer leur mère, vous le savez aussi bien que moi... n'est-ce pas?

— Je ne compte remplacer personne. Je souhaite simplement aider ses enfants.

— Eh bien, si vous souhaitez vraiment les aider, ne leur donnez pas de faux espoirs.

— Comment l'espoir peut-il être faux? demanda Margarita.

— Insolence! dit sœur Ethelred en pointant Margarita du doigt. Vous connaissez la sentence?

Margarita haussa les épaules. Sœur Ethelred repartit dans son box, comme un chien de garde rentre à sa niche.

Sœur Eulalie soupira:

— Quelle bonne femme! Quelle journée! Et puis ce médecin qui invente n'importe quoi pour avoir l'air de savoir... Une faramiterbiose aiguë... c'est n'importe quoi... les médecins n'avouent jamais qu'ils ne savent pas... moi je vous le dis, le mal dont souffre Prudence ne peut pas être soigné par un médecin...

– Qu'est-ce qui vous fait dire ça ? demanda Margarita.

Sœur Eulalie souleva la manche et décolla le pansement qui couvrait la brûlure de Prudence.

– Ça ! dit-elle en nous montrant l'étrange marque qui s'était creusée dans le bras de Prudence.

June s'exclama :

– Oh ! Mon Dieu ! C'est quoi cette spirale ?

– Je pensais que vous sauriez me répondre, dit sœur Eulalie. Quand je pense que le docteur n'a même pas soulevé le pansement... Les médecins ne sont pas curieux tout de même.

Margarita se pencha sur le bras de Prudence.

– C'est comme ça depuis quand ? demanda-t-elle.

– Depuis deux jours.

Margarita courut chercher le manuscrit du prêtre alcoolique sous son matelas. Elle le feuilleta rapidement et lut :

– La spirale annonce la fin.

June se mit à pleurer. Margarita réagit aussitôt :

– Il faut absolument trouver cette chatte albinos et rapporter l'eau !

L'urgence nous condamna à résumer notre histoire à sœur Eulalie. Nous avions besoin de son soutien pour être plus efficaces.

– Je sentais bien qu'il s'agissait d'un mauvais sort...

murmura sœur Eulalie. Mon sixième sens ne me trompe jamais.

— Vous nous croyez ? Vous n'allez pas tout rapporter à sœur Alarice ? s'étonna June.

— Je n'essaie de faire que des choses utiles et bonnes, dit sœur Eulalie. Je ne réussis pas toujours malheureusement.

— Bienvenue dans notre équipe ! dit Margarita en lui tendant la main.

Eulalie nous prit toutes dans ses bras et nous supplia de faire attention en descendant sous l'abbaye.

— Si votre amie a été brûlée de la sorte, il risque de vous arriver la même chose... (Elle hésita.) Tiens, prends ça !

De sa poche, elle sortit une médaille qu'elle plaça au creux de ma main.

— Cette médaille éloigne la méchanceté. Elle pourrait vous servir. Serre-la dans ta main très fort lorsque quelqu'un te veut du mal.

— Une médaille pieuse ? demandai-je.

— Pas du tout... une médaille... de fée...

Eulalie devint toute rouge. Elle avait un peu honte de ce qu'elle avançait mais elle semblait y croire très fort.

— Mais les sœurs ne croient pas aux fées ! s'exclama June.

– J'ai été une petite fille avant d'être une sœur... Je crois aux fées.

– Vous avez de la chance... soupira Margarita. Moi, je n'ai jamais dû être une petite fille...

– Il n'est jamais trop tard, dit Eulalie. Tout est réparable... même le bras et la santé de Prudence. Je compte sur vous, les filles !

Nous passâmes la deuxième nuit à guetter la sortie du Diable Vert. Cette fois-là, il ne tarda pas. June le vit passer vers deux heures du matin.

– Le voilà ! Je crois que c'est lui ! Qu'il est laid ! nous dit-elle.

Nous n'eûmes pas le temps d'arriver à la fenêtre, la créature avait déjà bifurqué le long du mur du manoir, en direction du potager.

Eulalie se déplaça immédiatement jusqu'à la cellule de sœur Ethelred et s'assura qu'elle dormait. On aurait dit qu'elle s'amusait de tout cela. Elle trottinait comme une petite souris et souriait beaucoup.

Elle nous fit signe de passer. Margarita portait le panier dans lequel elle avait placé la bouteille de lait et une coupelle. June et moi la suivîmes. Hope avait trop peur de retourner dans le souterrain, elle resta donc à la fenêtre du dortoir pour vérifier que le Diable Vert ne revenait pas trop vite chez lui. Quant à Ginger, il valait mieux la laisser dormir car ses sauts de kangourou et sa chanson latine ne s'accordaient pas avec notre périple.

25

Sans hésitation, nous fîmes grincer la lourde porte de l'abbatiale. Margarita nous confia quelques bougies votives et nous descendîmes dans la crypte pour emprunter le passage souterrain. L'odeur étrange n'avait pas disparu.

– Il s'agit certainement d'une odeur de soufre ! s'écria Margarita. On associe souvent le soufre au diable.

Le soufre sent l'œuf pourri…

Nous connaissions déjà le premier tronçon et pouvions, grâce à cela, avancer sans trop de crainte. Cependant, lorsque nous dûmes bifurquer vers la droite, vers le repaire du diable lui-même, mon cœur se mit à cogner plus fort encore que le jour de notre première excursion.

– Vous croyez que ce type est vraiment le diable ? demanda June.

– Vraiment le diable ? En voilà une question rigolote ! dit Margarita. J'ai déjà du mal à penser que tout cela nous arrive pour de vrai... Si le diable existe vraiment... il va falloir aussi que je croie en Dieu... ça ne m'arrange pas tellement tout ça...

– Comment est-ce que tu fais pour penser dans de pareilles circonstances ? demandai-je.

– Ça m'empêche d'avoir peur, confia Margarita. Dès que j'ai peur, j'occupe mon cerveau à réfléchir.

– Tu dois avoir peur souvent, alors, dit June.

– Oui, oui... répondit Margarita d'une voix légère.

L'odeur devenait insupportable. J'avais placé mon mouchoir brodé devant mon nez.

– Où allons-nous exactement ? demandai-je à Margarita qui ouvrait la marche

– Je ne sais pas trop... Nous devons trouver la chatte.

Le couloir était long, semblable à ceux que nous avions déjà traversés. Un escalier droit taillé dans la roche menait à une galerie recouverte de miroirs qui reflétaient d'étranges images de nous.

Margarita sourit en montrant toutes ses dents mais son image, elle, ne se modifia pas. Quant à moi je me fis un petit signe mais mon reflet ne répondit que quelques secondes plus tard...

June s'était retournée. Elle répétait :

– C'est horrible ! C'est horrible ! Ne vous regardez pas là-dedans ! On ne sait jamais…

Plus loin, il fallut descendre encore, l'odeur devenait intenable.

– Je crois que je vais vomir, dit June.

– Minou, minou, lançait Margarita au hasard.

Nous étions arrivées dans un cul-de-sac, une très petite pièce comblée de détritus.

– Voilà ce qui pue comme ça ! Ce n'était donc pas l'odeur du diable… s'écria Margarita.

– N'empêche qu'il ne s'appelle pas « Green Devil » pour rien… Un diable restera toujours un diable, fis-je remarquer.

Nous avions dû rater l'entrée de l'appartement de la créature. Nous refîmes le chemin à l'envers, de plus en plus angoissées par l'idée qu'il n'allait pas tarder à rentrer. Je m'assurai que j'avais bien la médaille d'Eulalie dans la poche et j'inspirai profondément pour me donner du courage. L'idée que la vie de Prudence était désormais entre nos mains me rendait un peu plus courageuse. Un régiment de souris nous passa sur les pieds. Elles semblaient fuir quelque chose.

– Le chat, peut-être ? dit Margarita. Minou, minou, reprit-elle.

Il fallut repasser par la galerie des glaces.

June avait placé ses mains sur le côté de ses yeux comme des œillères, Margarita tira la langue à son reflet qui lui lançait un regard noir.

– Qu'est-ce que tu fais encore ? demanda June.

– Je conjure le sort !

Le miroir se brisa à cet instant précis. June hurla, je me recroquevillai comme un fœtus en me protégeant la tête avec les avant-bras.

– Sept ans de malheur ! C'est malin, tiens ! dit June.

Derrière le miroir, se trouvait un autre miroir, on aurait dit qu'il s'était reconstitué. Pourtant les bris du premier jonchaient le sol.

– J'aime pas trop cet endroit, fit remarquer June. On devrait pas rester là...

Il nous fut pourtant impossible de sortir de cette pièce : un énorme serpent nous barrait le couloir. Il se dressait sur sa queue, agressif et ridicule, et sortait une minuscule langue fourchue pour nous effrayer.

Margarita tenta de l'éblouir avec les bougies et de le faire fuir en claquant dans ses mains, mais rien n'y faisait... la bête nous menaçait.

Je sortis la médaille de ma poche et la serrai au creux de ma main, comme me l'avait recommandé Eulalie. Elle aurait dû éloigner la méchanceté mais elle n'eut aucun effet sur l'animal.

– Peut-être qu'il n'est pas méchant, tout simplement, dis-je.

– Peut-être qu'il a juste peur de nous... ajouta June.

– Moi, de toute façon, je crois pas trop à cette histoire de médaille de fée... C'est un truc de gamine. Eulalie essayait simplement de nous rassurer.

– Tu ne croyais pas non plus au monde d'Alvénir, ni à la Grande Chouette, ni à la source... en fait, tu ne crois jamais en rien, remarquai-je.

– Je crois en nous, c'est déjà pas mal, non ?

Les minutes passaient très lentement, la situation était bloquée, le moindre bruit nous laissait penser que le Diable Vert était revenu de sa promenade nocturne. Nous nous étions assises et blotties les unes contre les autres dans un petit coin, devant la salle des miroirs, à une dizaine de mètres du serpent. Notre inefficacité soudaine nous désolait. Combien de temps encore allions-nous attendre ainsi ? Margarita finit par se lever pour observer le nouveau miroir de plus près. June la suppliait de revenir s'asseoir et de ne pas provoquer son reflet une nouvelle fois.

– J'aimerais bien comprendre comment ça marche tout ça, dit Margarita.

– Personne ne peut expliquer la magie, remarqua June. Ça m'étonne que tu ne saches pas ça.

Margarita passait la main sur les miroirs, s'observait, grimaçait, tapotait la glace. Son reflet agacé finit par s'en aller. C'était presque amusant de voir l'autre Margarita s'éloigner ainsi. Elle devenait de plus en plus petite dans le monde d'en face, sous certains angles elle apparaissait des centaines de fois puisque deux miroirs étaient placés l'un en face de l'autre et que l'écho de l'image se répétait donc à l'infini. La réalité n'occupait qu'une petite place dans le monde du reflet. Je fis remarquer à Margarita une porte rose qui n'existait pas de notre côté mais que nous pouvions repérer dans le miroir en nous plaçant à l'entrée de la pièce.

Le reflet de Margarita disparut complètement derrière cette porte après qu'elle l'eut refermée derrière elle. Un bruit semblable au tonnerre nous surprit alors. Je ne pouvais plus retenir mes larmes.

– Nous allons finir brûlées et zombies, comme Prudence, dis-je soudain. Il va revenir ! Je ne me sens pas bien. Je crois que mon cœur ne bat plus comme il faut... j'ai beaucoup trop chaud... dis-je.

Je m'éventais avec la main. Je voyais les murs tourner.

Margarita me secoua gentiment.

– Eh ! Ma grande, on a une amie à sauver ! C'est pas le moment de flancher.

Le serpent, fatigué par sa position inconfortable, finit par interrompre sa tentative d'intimidation. Il s'étala sur le sol et rampa vers nous nonchalamment. Margarita sortit le lait et la coupelle de son panier. Elle les plaça devant la bête qui n'eut pas d'autre choix que de rentrer à l'intérieur. Margarita referma immédiatement le panier et, victorieuse, s'assit dessus.

– Bravo ! m'écriai-je, soulagée, je pensais qu'on allait finir nos jours ici.

– Et la chatte, tu la mets où maintenant ? On est comme des idiotes à cause de toi, remarqua June.

– On est quand même moins idiotes qu'il y a cinq minutes, non ? dit Margarita, un peu exaspérée.

– Laaaa chatttte ! hurla June.

– Oui j'ai compris, on n'a plus de panier pour emmener la chatte ! Chaque chose en son temps ! Tu ne vas pas me crier dessus, tout de même.

– Laaaa chattte ! hurla-t-elle de nouveau.

Margarita perdit patience.

– June, il faut que tu arrêtes ton cirque. Tu me fatigues et en plus tu n'es pas discrète du tout, du tout…

June sortit de ses gonds.

– Mais bon sang ! Vous êtes aveugles ! La chatte vient de passer, là, au bout du couloir.

– On va l'avoir, maintenant, c'est certain ! s'écria Margarita en partant à sa poursuite, le panier à la main.

June ne put retenir une remarque concernant la cohabitation impossible d'un chat et d'un serpent et Margarita enragea de nouveau :

– Bon sang, June, change de chanson et avance !

Nous suivîmes la chatte sans trop comprendre où nous allions. En fait, elle nous mena à l'appartement du diable. Les couloirs formaient un véritable labyrinthe. J'essayai de repérer des signes qui nous faciliteraient la sortie. Je regrettai de ne pas avoir pris de morceaux de tissu à semer sur notre passage. Comment Prudence avait-elle eu l'idée d'avancer jusqu'ici ? S'était-elle perdue ? Avait-elle, comme nous, suivi la chatte ? J'avais hâte de revoir Prudence sur ses deux pieds, hâte de voir ses yeux ouverts et curieux, son sourire et sa jolie fossette, hâte d'entendre sa petite voix si gaie et toutes ses réflexions qu'elle ne parvenait jamais à garder pour elle. Pourtant, les probabilités de nous retrouver s'amenuisaient dans ma tête à mesure que nous nous enfoncions dans le souterrain. Je ne savais pas vraiment si je craignais ma mort ou la sienne mais il me paraissait impossible que nous nous en sortions indemnes. Cependant j'étais décidée à tout faire pour la vie que j'aimais beaucoup, malgré tout ce qui me contrariait à l'orphelinat.

L'appartement était éclairé par un feu qui brûlait dans un énorme vase clos en verre. La décoration était assez semblable à celle de la pièce que nous avions découverte lors de notre première visite : les multiples tapis au sol, les chandeliers, les cadres et cette inscription latine qui revenait partout, « Ta force me réchauffe ».

— Maintenant, on sait de quelle force il parle ! Quel voleur ! commenta Margarita.

La pièce, assez haute pour une cave, était aussi remplie d'horloges, de pendules et de montres gousset. Les tic-tac multiples créaient un bruit de fond inquiétant.

La chatte s'était cachée derrière un fauteuil.

— Je me demande bien où dort le Diable Vert… dis-je.

Margarita me fit remarquer que je n'avais jamais le sens des priorités. Elle ouvrit le bas d'une vieille pendule sur pied, laissa le serpent s'échapper à l'intérieur puis referma rapidement la petite porte en verre qui abritait le balancier. Les circonvolutions de l'animal dans le ventre de la pendule ressemblaient à de gros boyaux.

La chatte s'intéressait au bol de lait que je venais

de poser par terre. Elle sortait la tête de sa cachette, peureuse mais tentée. Ses yeux rouges nous fixaient mais elle n'avait pas l'air de nous voir.

– Alors, comme ça, c'est toi qui ouvres les portes du temps, lui dit June sans attendre de réponse. Je ne sais pas trop ce que ça veut dire mais il va falloir venir avec nous, ma belle...

La chatte prit son élan et sauta dans les bras de June.

– Ça alors ! Ça alors ! Vous vous rendez compte que, parfois, il suffit juste de parler aux gens pour que les choses s'arrangent...

– Ce chat ne fait pas partie des gens... corrigea Margarita en ouvrant le panier devant June. Vas-y ! Mets-la là-dedans !

Le chat s'accrocha au pull de June avec ses griffes.

– Je crois qu'elle veut rester dans mes bras.

– Trop risqué ! dit Margarita. Elle risque de filer de nouveau.

Des pas résonnèrent dans le couloir adjacent. Mon cœur bondit entre mes côtes. Je serrais toujours la médaille que j'avais gardée dans ma main. Ma frayeur s'amplifia lorsque la chatte devint lumineuse et que ses rayons envahirent la pièce comme un soleil blanc.

– Qu'est-ce qui se passe ? s'inquiéta June.

– Vous croyez que ça fait ça d'être mort ? demandai-je.

26

Lorsque la lumière s'éteignit, nous n'étions plus dans la pièce des horloges. La chatte restait dans les bras de June. Elle ronronnait.

– Regardez ! C'est la porte rose que l'on voyait dans le reflet du miroir, m'écriai-je. C'est par là que ton double est sorti tout à l'heure.

– On ne peut quand même pas être passées de l'autre côté ! dit Margarita.

La porte s'ouvrit. L'autre Margarita apparut, totalement semblable à celle que nous connaissions. Cependant sa démarche était moins souple et plus ancrée dans le sol, si bien qu'on aurait pu penser que la seconde Margarita était plus costaude que la première, qui, d'ailleurs, réagit immédiatement :

– Ben mince alors ! C'est pire qu'un rêve…

– Un cauchemar, dis-je… ce qui est pire qu'un rêve est un cauchemar.

– On n'est pas sorties de l'auberge, remarqua June.

– Ce n'est pas une auberge, mais un havre de paix, dit le double de Margarita en s'approchant de nous.

– Comment fais-tu pour être habillée comme moi ? demanda notre amie sidérée.

– C'est la moindre des choses lorsqu'on est un reflet.

– Comment es-tu devenue mon reflet ?

– Est-ce que tout le monde sait comment il est devenu ce qu'il est ?

– Comment pouvons-nous rentrer chez nous ? demandai-je.

– Les reflets ne répondent pas aux questions, ils les renvoient, dit le double.

– Vous ne servez pas à grand-chose alors, fis-je remarquer.

– Qui sert à quelque chose, en fait ?

– Nous ! s'exclama Margarita. En ce moment nous aimerions servir à sauver notre amie Prudence.

– Vous aimeriez... dit le double... mais vous ne servez à rien...

– Bon sang ! Ce que tu es négative ! Je doute que cet endroit soit véritablement un havre de paix. Comment veux-tu que nous ayons l'esprit tranquille en compagnie d'une fille comme toi ?

– Je te renvoie la question.

– Mais le monde de notre côté du miroir n'est pas un havre de paix… loin de là ! Chez nous, personne ne peut avoir l'esprit tranquille ! réagit Margarita. Je ne prétends pas les mêmes choses que toi.

– Tu devrais.

– Tu inverses les rôles. C'est toi qui es censée m'imiter. Tu es mon reflet.

– Et toi le mien…

Je fis remarquer que le temps pressait et que ces conversations nous retardaient. Nous devions rentrer au manoir.

– Je sais bien, ma grande, mais là, on n'a pas de solution ! déclara Margarita. Il faudrait sans doute que le chat se rallume… ou je ne sais quelle fantaisie délirante du genre. Même dans les romans que je lis, on ne trouve pas d'histoire aussi dingue.

– C'est parce que tu n'as pas tout lu, dit le reflet. Le choix des livres d'une bibliothèque dépend de ceux qui la tiennent… tu comprends ?

Margarita détestait qu'on lui fasse la leçon. Bien sûr qu'elle comprenait ! Elle haussa les épaules et tourna le dos à son double.

June avait ouvert la porte rose.

– Venez voir ! s'écria-t-elle.

Il n'y avait rien. Le rien n'est pas descriptible puisqu'il n'est rien. Il n'était ni le vide, ni le plein, ni la lumière, ni l'ombre, ni l'air, ni ce que l'on connaît, ni ce que l'on ne connaît pas. Jamais je n'avais vu le rien. Le rien n'existe pas dans notre monde.

– Le néant ! s'exclama Margarita.

– C'est quoi exactement ? demanda June qui tenait toujours le chat contre elle.

– Tout ce qui n'est pas.

– Trop compliqué pour moi... soupira June. Alors c'est là que tu habites, mademoiselle Reflet ?

Le reflet de Margarita hocha la tête et murmura :

– C'est mon havre de paix.

– Ah ça, pour avoir la paix, tu dois avoir la paix... s'amusa Margarita. Mais ça fait quel effet de passer la porte ?

– Ça te fait quel effet à toi ?

Margarita grogna :

– Heureusement que je n'habite pas avec toi parce que tu m'énerverais très vite !

Je m'éloignai de la porte, je ne voulais pas tomber dans le néant, June se colla à moi.

– Peut-être que pour rentrer chez nous il suffit de casser le miroir... et de passer de l'autre côté, suggéra-t-elle.

– Ça ne coûte rien d'essayer... dis-je en m'approchant de la vitre.

Je fis deux pas en arrière en hurlant !

– Ahhh! Il est là! Le Diable Vert! Il est là dans la salle des miroirs... il nous regarde.

– Il ne vous voit pas, dit le reflet. Il ne se voit pas non plus d'ailleurs... il n'a pas de reflet.

La chatte aperçut le diable et planta ses griffes dans les bras de June. Elle semblait effrayée. Immédiatement elle devint lumineuse et nous transporta dans un autre lieu.

– Je reconnais cette pièce, m'exclamai-je. Nous sommes du côté gauche du souterrain! Prudence avait raison : la droite rejoint la gauche...

Margarita souffla de soulagement mais poussa immédiatement un cri d'horreur.

– Mais qu'est-ce que tu fais là, toi? dit-elle.

Son reflet avait également été téléporté.

– Je crois que je ne suis pas à ma place, dit le reflet.

Comme nous ne pouvions plus perdre de temps, Margarita conseilla à son double de nous suivre.

– Tu m'agaces un peu mais ça m'embêterait que tu te fasses brûler par le Diable, expliqua-t-elle.

Nous avions oublié le panier quelque part. June fut donc condamnée à rapporter la chatte dans ses bras.

Nous regagnâmes la crypte de l'abbatiale à tâtons. Nous n'avions plus de bougies. Le petit matin était déjà là, et plusieurs sœurs chantaient leurs prières dans l'église. Il fallut attendre derrière la porte que les voix cessent pour sortir en file indienne de l'abbatiale.

Le reflet n'en croyait pas ses yeux et nous retardait considérablement.

— Qu'est-ce que c'est ? demandait-elle à tout bout de champ en montrant tout ce qui se présentait à elle.

Margarita finit par trouver la parade :

— Je ne réponds pas aux questions, je les renvoie, lui dit-elle. Allez, avance !

— Qu'est-ce qu'on va faire d'elle ? demandai-je. Où va-t-elle manger et dormir ? Comment va-t-elle occuper ses journées ?

— Manger, dormir, occuper sa journée ? Qu'est-ce que ça veut dire ? demanda le reflet.

Margarita lui fit signe de se taire et dit :

— Il faut se dépêcher de réveiller Ginger et apporter la chatte à la Grande Chouette. Quand je pense que ces mots de fou sortent de ma bouche, cela m'inquiète un peu…

Le jour commençait à se lever. Eulalie n'avait pas fermé l'œil. Elle ouvrit grand les bras lorsqu'elle nous vit arriver mais sursauta lorsqu'elle réalisa la présence de deux Margarita.

— On vous expliquera plus tard, chuchota Margarita.

La chatte restait sagement avec June. On aurait dit qu'elle comprenait ce qui lui arrivait. Je réveillai Ginger en douceur. Il fallait rester discrètes pour ne pas alerter les autres pensionnaires.

Sœur Ethelred dormait encore. Comme elle était supposée surveiller le dortoir, elle était dispensée des prières du matin à l'abbatiale.

Il fut entendu qu'Eulalie se chargerait de cacher le reflet de Margarita pendant la matinée.

— J'espère tout de même que vous m'expliquerez qui est cette jumelle, dit Eulalie, toujours paisible et souriante.

Elle souleva le pansement sur le bras de Prudence et découvrit sa plaie. La spirale s'était creusée et noircie.

— À mon avis, le temps lui est compté, dépêchez-vous, les filles.

— Vous croyez vraiment à nos histoires ? s'étonna Ginger. Je pensais que vous vouliez juste nous faire plaisir.

— Je crois ce qui est vrai. Et j'ai appris à ne plus m'étonner de rien.

Margarita supplia Ginger de la laisser nous accompagner à la source mais Ginger ne daigna pas changer d'avis.

— Juste Joy. Personne d'autre, précisa-t-elle.

Lorsqu'elle vit le reflet de Margarita, elle faillit hurler et réveiller la chambrée. Heureusement, j'étouffai son cri avec ma main.

— C'est pas vrai ! Il y en a deux comme ça maintenant ! Comme si une c'était déjà pas assez ! dit-elle en écarquillant les yeux.

Je pris le chat dans les bras et filai vers la source, précédée par une Ginger titubante et ramollie à qui l'on avait confié la bouteille vide. J'appréhendais qu'elle trébuche ou qu'elle lâche l'objet tant sa fatigue la rendait bancale et maladroite. Elle se retournait régulièrement pour me demander comment était apparu ce clone de Margarita. Je venais de passer ma première nuit blanche et j'avais, moi aussi, très sommeil. Le chat me paraissait de plus en plus lourd. Je n'arrivais même plus à parler. Je voulais terminer ma mission et dormir.

— Mais tu ne vas pas pouvoir dormir quand tu rentreras… On a école ! remarqua Ginger.

Je n'avais jamais pensé qu'il était possible de sauter une nuit de la sorte.

— Tu crois pas que je risque d'être malade si je ne dors pas du tout jusqu'à ce soir ?

— Mais non !

— Pourquoi on doit dormir tous les soirs, alors ?

— Pour rêver, pardi !

Je savais bien que les réponses de Ginger étaient souvent peu fiables mais je commençais à aimer son étrangeté, sa poésie. Ce matin la petite chanson en latin ne la suivait pas. J'appréciais cette promenade calme. Et puis, quel bonheur d'être dehors pendant que le soleil se lève, quel plaisir de pouvoir fouler la rosée, de regarder les roses se réveiller. Le chat ronronnait encore, j'avais l'impression d'être tout juste sortie de l'enfer… mais était-ce juste une impression ? Comment aurions-nous pu appeler l'appartement d'un diable d'une autre façon ? À la surface, tout était si rassurant, même la promenade en Alvénir ne m'inquiétait plus. Il fallait sans doute avoir eu très peur une fois pour ne plus avoir peur de rien. Je fis part de ma remarque à Ginger.

— J'en sais rien, moi, j'ai un peu peur tout le temps… répondit-elle. J'aime pas les voix. J'aime pas parce que je ne suis jamais toute seule.

— Il y a des gens qui paieraient pour n'être jamais tout seuls.

— Eh bien moi, je paierais pour que les voix me foutent la paix. Celle qui me parle et celle qui chante… parce que quand c'est pas l'une, c'est l'autre qui m'ennuie.

— Elles partiront un jour. Toutes les mauvaises choses ont une fin.

Ginger s'arrêta un instant, se retourna et me regarda droit dans les yeux. Elle voulait que je comprenne plus que ses mots. Elle m'envoyait des éclairs de son âme, de son passé, de sa douleur, de ses craintes.

— Ce sont surtout les bonnes choses qui ont une fin. Tu n'as pas encore remarqué ?

Je restai silencieuse, tétanisée par son regard intense. La chatte émit son premier miaulement, un peu rauque, un peu fatigué. Elle nous disait sans doute de ne plus traîner. En fait l'animal, depuis que je l'avais pris dans mes bras, faisait étrangement partie de moi. Comme les voix faisaient partie de Ginger. Le chat semblait connecté à mon esprit, une sorte de conscience, d'alter ego, de prolongation de moi-même. C'est sans doute pour cela qu'elle ne cherchait pas à quitter mes bras.

27

Ginger se dirigea sans hésiter vers l'endroit où la magie l'attendait. Je ne voyais pas encore le sapin foudroyé, et la petite forêt gardait ses aspects des jours normaux. Ginger s'enfonça un peu plus dans le bois et marmonna.

– C'est pas comme d'habitude...

– Au contraire, lui dis-je, c'est trop comme d'habitude... mais ton habitude à toi ne ressemble tellement pas à celle des autres...

Elle pensa qu'elle n'avait pas tourné au bon endroit. Nous refîmes le chemin à l'envers pour tenter une incursion quelques mètres plus loin... mais rien, pas une clairière, pas un hibou, pas la moindre source. La végétation même n'avait pas de rapport avec celle du bois d'Alvénir dans lequel, lors de nos dernières visites, les ronces et les fougères avaient laissé place à plusieurs sortes de bruyères colorées.

– Je me suis réveillée pour rien. C'est vraiment nul, grommela Ginger.

Le jour finit de se lever complètement tandis que nous arpentions le bois à la recherche d'une porte magique.

Je récapitulais tout ce que Ginger avait dit ou fait à chaque fois avant de nous guider vers la source. Peut-être lui manquait-il un objet, un vêtement, une sorte de carte du club qui lui avait permis jusqu'ici d'entrer, malgré elle, en Alvénir.

Elle réfléchit :

– Non je suis toute pareille que les autres jours, je t'assure.

– Pas tout à fait, la voix qui chante ne te suit pas aujourd'hui…

– Ah bon ? s'étonna-t-elle. Peut-être que les voix dorment la nuit et qu'elle n'a pas réalisé que je m'étais levée plus tôt.

– Il faudrait essayer de la récupérer.

– Je ne vois pas comment c'est possible, je ne l'entends même pas… ce sont les autres qui me demandent tout le temps d'arrêter de chanter alors que je ne chante pas… mais moi, je ne sais même pas à quoi ressemble cette voix… je ne sais pas d'où elle sort. Elle me suit, voilà tout.

Notre impuissance m'arracha quelques larmes de

désespoir. Je ne pouvais m'empêcher de voir Prudence mourir. La chatte miaula encore une fois, une autre, puis de plus en plus fort, de sa voix rauque et fatiguée… Elle compatissait, elle appelait au secours, mais personne ne vint.

— Réfléchis, Ginger ! Qu'est-ce qui peut bien faire chanter la voix qui te suit si souvent ?…

— Je ne sais pas. Il y a plein de choses qui marchent toutes seules sans qu'on sache pourquoi… parfois, on a mal à la tête sans comprendre pourquoi…

— Mais il doit bien exister une façon de faire venir cette voix. Je suis sûre que c'est elle qui nous ouvre les portes d'Alvénir.

— Tu veux dire que ce n'est pas moi ?

— La voix, c'est tout de même une partie de toi, non ?

— Une partie de moi que je n'entends même pas… ce n'est pas un peu bizarre quand même ?

La chatte s'impatientait. Je savais qu'elle avait tout compris. Soudain elle s'éclaira de nouveau, mes bras tenaient une boule de lumière. Je pensai que nous allions de nouveau être transportées quelque part mais la chatte se transforma en fée et je crus bien que j'allais m'évanouir. C'en était trop ! Cette nuit n'avait été qu'une succession de choses impossibles.

La fée ressemblait beaucoup à la chatte. Tout de blanc vêtue, les cheveux aussi blancs que sa robe. Elle avait aussi les yeux rouges.

Elle prit la main de Ginger :

— Conduis-moi vite !

— Je ne peux pas, ça ne marche pas.

— Je compte sur toi, Prudence compte sur toi, tout le monde compte sur toi…

— C'est peut-être pour ça que ça ne marche pas. On ne peut pas compter sur moi, sœur Ethelred le répète chaque jour, ce doit être vrai.

Nous entendîmes des pas aux abords du potager. L'effroi nous saisit toutes. La fée redevint une chatte et Ginger me tira par la manche pour me cacher derrière un gros sapin.

— Eh oh ! Y a quelqu'un ? dit une voix.

J'essayai d'apercevoir le bout du chemin.

— C'est Margarita ! m'exclamai-je.

Ginger enragea :

— Je lui avais dit que je ne l'emmenais pas. Qu'est-ce qu'elle vient faire là ?

— Il doit être arrivé malheur à Prudence… Sinon pourquoi Margarita viendrait-elle nous chercher ?

Je m'exposai à la vue de notre visiteuse.

— Salut ! dit-elle d'une drôle de voix.

Elle me posa quelques questions curieuses qui

m'indiquèrent très vite que nous avions en fait affaire au reflet de Margarita.

— Tu ne dois pas venir avec nous ! dis-je. Retourne au dortoir !

— Je viens avec vous ! Je vous ai suivies ! Eulalie a cru que j'étais Margarita.

Le reflet nous mit dans un terrible état d'énervement. Bien qu'elle ait été consciente de son impuissance Ginger hurlait :

— Mais va-t'en, bon sang ! Tu ne vois pas que tu vas faire tout rater !

Elle devait essayer de se rassurer ainsi.

Le reflet était têtu. Elle ne consentait pas à repartir. Ginger se remit en route, se frayant un passage au cœur du bois, cassant des branches et des brindilles, maugréant tant qu'elle pouvait… Soudain, la chanson latine la suivit de nouveau.

Elle n'apparaissait peut-être que lorsque Ginger était contrariée. Pour cette raison, je regrettais de moins en moins la venue du reflet de Margarita. Je me dis qu'il existait certainement une bonne chose dans chaque problème et que rien n'arrivait par hasard. Il fallait simplement savoir cueillir les bonnes fleurs au bon moment. D'ailleurs les fleurs apparurent, les bruyères multicolores d'Alvénir. Je levai les yeux et j'aperçus la cime du sapin foudroyé. J'étais soulagée.

— Alvénir! s'écria le reflet. Je n'en reviens pas!

— Tu connais? m'étonnai-je.

— Je viens d'ici.

J'aurais aimé en savoir plus mais nous n'avions certainement plus le temps de discuter. Ginger nous conduisit à la fontaine. La chatte trottait à nos côtés depuis que nous avions rejoint son monde. Alfébor, le gardien, nous interdit encore une fois de toucher à la source. Il avait l'air ravi d'intervenir ainsi. Il prenait son métier à cœur. Les voleurs d'eau magique étaient sans doute très rares dans le pays d'Alvénir et sa mission statique de veilleur devait souvent l'ennuyer. L'action le réjouissait. Il s'agitait, battait des ailes, sautillait autour de la source, couinait, piaillait, râlait sans relâche, nous empêchant de remplir la bouteille. Soudain, il s'arrêta net et écarquilla ses yeux tout ronds devant Alsima.

— Mais, mais, mais… Princesse, vous êtes revenue?

— Princesse? m'étonnai-je.

— Alsima, princesse des portes du temps, fille d'Alvirapami, roi du vent, et d'Altenhata, reine des heures et du temps qui passe. Enfin, les enfants, revoyez vos leçons! Personne ne peut ignorer l'existence d'Alsima, dit Alfébor.

— Chaque monde a ses héros, dit Ginger. Chez nous, ce ne sont pas ceux-là… Notre reine à nous s'appelle Lady Bartropp… Il paraît qu'on lui doit tout… c'est un peu bizarre, non ?

Je pressai Ginger qui semblait si soulagée d'avoir réussi sa mission qu'elle en oubliait visiblement la suite des événements. Ginger était ainsi faite. Elle décrochait par moments pour réfléchir, pour mieux repartir, sauter, courir, fuir ses voix et ses démons. Les moments où elle se calmait ainsi étaient sans doute des instants où sa voix intérieure lui fichait la paix. On aurait dit qu'elle savourait le silence entre deux explosions, le soleil entre deux orages. J'eus de la peine à la forcer à repartir, il était si bon de la voir s'apaiser.

La chatte fit un signe de la tête et ordonna au gardien de laisser Ginger remplir la bouteille.

– C'est entendu avec la Grande Chouette ! ajouta-t-elle.

Je ne m'étonnai pas qu'elle se mette à parler. Plus rien ne m'étonnait d'ailleurs, ou peut-être étais-je si fatiguée que je ne distinguais plus vraiment les choses remarquables des choses banales.

Ginger remplit la bouteille avec précaution et me la tendit.

– Je préfère que tu la rapportes au manoir parce qu'on ne peut pas compter sur moi…

Je lui répondis qu'elle était sans doute la fille sur

laquelle on pouvait le plus compter puisqu'elle savait sauver des vies.

La chatte s'assit près de la source et redevint une fée. Elle but de l'eau dans le creux de sa main en se réjouissant de retrouver le goût de son pays. Le hibou retourna à sa place, sur son grand arbre, et le reflet nous suivit encore comme une grande godiche.

— Finalement, je préfère de loin la vraie Margarita, me confia Ginger tout bas en avançant vers l'allée sablonneuse.

Qu'allions-nous faire de cette fille une fois rentrées à l'orphelinat ?

— Si tu es née ici, ne préfères-tu pas rester ici ? demandai-je au reflet.

Je pressai le pas. Nous courions presque mais je faisais très attention à la bouteille cette fois.

— À vrai dire, je ne sais pas trop. C'est difficile de savoir lorsqu'on est un reflet.

Je la pris par la main et fis demi-tour pour la conduire vers le gardien.

— Alfébor, j'ai une mission pour vous, pourriez-vous aider cette jeune fille à se retrouver ? demandai-je. Elle est un peu perdue.

Alfébor grogna quelques secondes, dit qu'il n'était pas employé pour aider les reflets égarés mais pour garder la source et qu'il s'agissait tout de même d'une mission d'une autre envergure… Je l'écoutai à peine, je repartis vite en m'écriant :

— Merci Alfébor !

Le reflet souriait. Elle avait l'air enchanté, comme le bois, comme la source, comme le monde auquel elle prétendait appartenir, et tant pis si elle avait dit faux, elle serait sûrement mieux en Alvénir que dans son « havre de paix » plein de néant et d'ennui.

28

La sortie du bois ne posa aucun problème. La Grande Chouette avait dû passer là quelques minutes avant nous car quelques papillons verts dansèrent encore dans la brise matinale avant de fondre comme des flocons sur le sol tiède.

Dawson travaillait déjà au potager. Il s'étonna de nous voir passer.

— Vous êtes carrément matinales, les filles, mais je croyais vous avoir dit qu'il n'était pas permis de vous rendre dans le bois.

— Une urgence, dis-je seulement en brandissant la bouteille. On vous expliquera...

Dawson continua à ramasser ses légumes en riant. Il rendait soudain le lieu sympathique. Nous avions l'impression de rentrer chez nous, de retrouver notre famille, la chaleur de notre maison. Dawson avait cette grande qualité. Il apportait des mètres cubes de chaleur humaine partout où il passait. Malheureusement, notre bonheur ne fut qu'un feu de paille. À peine arrivées dans le couloir qui menait au réfectoire, nous fûmes arrêtées par la main sévère de sœur Ethelred.

– Pourquoi n'êtes-vous pas au petit déjeuner avec vos camarades ? Que faites-vous ici ?

– Nous devons aller voir Prudence.

– Vous ne pouvez plus rien pour elle, dit-elle sèchement. Vous prierez avec les autres tout à l'heure.

– Vous voulez dire… qu'elle est… qu'elle est… bafouillai-je.

– Prudence avance doucement vers la lumière… dans quelques heures elle ne sera plus. Allez, allez, les filles, rejoignez la table en vitesse et donnez-moi cette bouteille. Depuis quand se promène-t-on avec des bouteilles d'eau ?

Elle tendit la main pour prendre la bouteille. Je reculai et cachai l'objet derrière mon dos.

– Prudence avait soif, dis-je.

– Prudence ne peut plus boire. Ne dites pas n'importe quoi.

– Eulalie nous a demandé de l'eau, dit Ginger.

– Pfff ! Cette Eulalie ! Je ne sais pas pourquoi on nous l'a fichue dans les pattes.

– Pour sauver Prudence ? dit Ginger.

– D'évidence, ce n'était pas un bon choix.

Sœur Ethelred nous barrait le chemin en ouvrant les bras. Elle nous toisait, levait le menton et répétait :

— Donnez-moi cette bouteille immédiatement !

Je continuais à reculer. Ginger accompagnait mon déplacement.

J'essayai finalement de forcer le passage mais sœur Ethelred mit toute sa hargne à me retenir. Elle m'attrapa par l'oreille et me la tordit si fort que je ne pouvais plus bouger.

— Canaille, vous pensiez que vous étiez la plus forte, n'est-ce pas ? Vous savez ce que cette imprudence va vous coûter. Plusieurs mois de dessert, de promenade, de bibliothèque…

Je tendis discrètement la bouteille à Ginger et m'écriai :

— Vas-y, Ginger ! Cours !

Ginger détala dans le couloir, sa voix latine la suivit en chantant. Sœur Ethelred me lâcha l'oreille et partit à ses trousses en hurlant :

— Sœur Meredith, àààààà l'aaaaide !

Sœur Meredith sortit comme un pachyderme fatigué d'un bureau situé sur le trajet de Ginger et s'opposa à la frêle Ginger. Comme la sœur était six fois plus grosse que mon amie, elle l'arrêta sans effort et lui confisqua la bouteille.

Ginger lui mordit la main et reprit l'objet. Elle fila

vers l'escalier qui montait au dortoir mais sœur Ethelred avait déjà pris de l'avance et l'arrêta de nouveau.

Ginger était un paquet de nerfs, une balle dure et rebondissante que sœur Ethelred ne parvenait pas à intercepter.

La sœur braillait :

— Mais aidez-moi, Meredith, bon sang ! Aidez-moi !

Finalement trois autres sœurs pointèrent leur nez dans le couloir et sourirent en observant le spectacle.

— Vous n'entendez pas une chanson en latin, vous, demanda la première. Mais qui chante ?

Elles se mirent à tenter de comprendre d'où venait la voix.

— On dirait une voix d'ange ! dit l'une.

— En tout cas, c'est une voix divine… ponctua l'autre.

— Alléluia ! conclut la troisième.

Elles joignirent leurs mains puis se signèrent discrètement.

Elles n'avaient pas l'air de vouloir aider sœur Ethelred, au contraire elles pouffaient à chaque fois que Ginger lui échappait de nouveau. Je réalisai alors qu'Eulalie n'était sans doute pas la seule femme sympathique de l'abbaye mais que nous n'avions pas eu l'occasion jusqu'ici de parler aux bonnes personnes.

En fait, nous n'étions pas seules face à l'adversité de sœur Ethelred et de sa brigade.

J'avançai prudemment vers l'escalier, le dos plaqué contre le mur du couloir. J'espérais récupérer la bouteille des mains de Ginger et monter les marches quatre à quatre.

Sœur Ethelred finit par se fatiguer. Elle posait la main sur le haut de sa poitrine, elle soufflait. Sœur Meredith soufflait encore plus fort à ses côtés parce qu'elle avait plus de masse à déplacer dans ses efforts. Si je n'avais pas craint pour la vie de Prudence, j'aurais ri moi aussi devant ces deux vachettes aux naseaux dilatés. Finalement sœur Ethelred se mit à crier d'une voix presque masculine :

— Ginger, vous arrêtez immédiatement votre cirque ou je vous prive de nourriture pendant plusieurs jours !

Ginger me lança un regard interrogatif. Je lui fis signe de poursuivre sa progression et de ne pas se soucier des menaces de la sœur enragée. Désormais, nous savions comment nous rendre au potager si jamais nous avions vraiment faim. Notre aventure nous avait rendues plus sûres de nous et plus indépendantes.

— Je ne comprends pas pourquoi vous vous mettez dans cet état pour un peu d'eau ! remarqua Ginger en esquivant encore une gifle. Vous ne savez pas ce qui est important. Prudence est en train de mourir. Ça, c'est plus important que tout.

Ginger s'assit. Elle avait l'air de baisser les bras devant tant de bêtise et d'acharnement. Le silence entre deux explosions, le soleil entre deux orages revint. Ginger rayonnait, calme et sereine.

– Justement dit ! commenta la première gentille sœur.

– C'est le cœur qui parle, c'est beau ! dit la deuxième.

– J'entends toujours la voix, remarqua la troisième. Je me demande quand même si je ne suis pas un peu folle.

– Non, non, j'entends la même chose dit sœur Meredith. Dès que la petite est dans les parages, on entend cette chanson. Je crois qu'elle est un peu ventriloque…

– Pfff ! Même pas ! soupira Ginger. Mais franchement, vous perdez un temps précieux à vous poser des questions qui ne servent à rien…

Les deux furies se précipitèrent sur Ginger, l'air vainqueur. Sœur Ethelred tendit la main pour récupérer la bouteille. Comme Ginger s'était assagie, elle pensait qu'elles avaient gagné la partie mais Ginger était montée sur ressorts comme un diable dans une boîte. Elle bondit devant sœur Ethelred en hurlant un mot incompréhensible qui ressemblait à «Chou-fleur» et monta l'escalier plus rapidement que jamais.

Les trois sœurs applaudirent. Pourtant elles ne se doutaient même pas que Ginger portait une eau salvatrice à Prudence. Elles applaudissaient sans doute la défaite de sœur Ethelred qu'elles ne portaient pas dans leur cœur ou la tactique impressionnante de Ginger pour échapper à la furie des deux vachettes. Je m'empressai alors de rejoindre Prudence et dès que nous fûmes dans le dortoir je poussai la lourde porte palière et la fermai à clef. Ainsi sœur Ethel-red et sœur Meredith ne purent poursuivre leurs attaques. Nous les entendions crier et cogner leurs poings nerveux mais elles ne pouvaient plus nous atteindre.

Eulalie faisait les cent pas dans le dortoir.

— Dieu soit loué! s'exclama-t-elle. Je pensais que vous étiez restée coincée... là-bas... dit-elle en rou-gissant.

Elle avait un peu honte d'avouer qu'elle croyait au monde d'Alvénir.

— J'ai dû ligoter le reflet, dit-elle. Elle prétendait être Margarita... elle voulait descendre prendre le petit déjeuner avec les autres... je me suis dit que cela poserait forcément des problèmes, étant donné toutes les questions étranges qu'elle avait en tête. J'ai demandé de l'aide à Hope, Daffodil et Regina et nous l'avons ficelée… après tout, ce n'est qu'un reflet ! Ce double est une sacrée menteuse en tout cas, elle a passé son temps à nous jurer qu'elle était Margarita…

Je l'interrompis, le temps pressait :

— Rassurez-vous, Eulalie, c'est terminé, tout ça. Le reflet est retourné chez elle. Maintenant, occupons-nous de Prudence !

Eulalie fronça les sourcils.

Derrière les paravents, je retrouvai la mourante, plus pâle que jamais, mais, à ma grande surprise, je découvris à ses côtés, attachée sur une chaise, la pauvre Margarita qu'Eulalie avait, en plus, pris le soin de bâillonner avec un bandage d'infirmière.

Eulalie précisa fièrement que, lorsque les sœurs nous avaient cherchées pour prendre le petit déjeuner, elle avait dit que nous étions allées aider Dawson au jardin pour les préparatifs du mariage. Toutes les autres filles avaient dû descendre au réfectoire. Pourtant Hope, June, Daffodil et Regina auraient aimé rester aux côtés de Prudence.

— Mais d'ailleurs, où est Margarita ? demanda la garde-malade. Je pensais qu'elle vous avait rejointes.

Je m'empressai d'ôter les liens et le bâillon sous les

yeux effarés d'Eulalie. Margarita ne prit pas le temps de rouspéter. Elle dit simplement :

— Merci ! J'étais certaine que tu ne me confondrais pas, toi.

Puis elle se pencha sur le bras de Prudence, défit son pansement et demanda :

— À votre avis, est-ce qu'elle doit boire l'eau ou est-ce qu'il faut l'appliquer sur la plaie ? Le livre ne précise pas ce détail. Peut-être que cette eau n'est pas potable.

— La fée-chat a bu l'eau, dit Ginger. Ça ne doit pas risquer grand-chose.

— La fée-chat ? s'étonna Margarita.

— On vous expliquera plus tard, dis-je. Là, il faut agir !

Eulalie, prudente, commença par tamponner la plaie avec une compresse imbibée.

La cicatrice en spirale se mit à tourner sur le bras de Prudence.

— De toute ma vie d'infirmière je n'ai jamais vu ça... C'est diabolique !

— Juste magique, commenta Ginger.

Nous étions toutes fascinées par le bras de Prudence. Bientôt la spirale s'agrandit, formant une sorte de mini-tornade qui se déplaçait sur le corps entier de la malade. Prudence ne réagissait plus à rien depuis des heures. Elle respirait à peine. La tornade entra par sa bouche entrouverte et son corps fut alors pris de sursauts surprenants. Son bras gauche se souleva, puis sa jambe droite, ses yeux clignaient très vite, elle finit par gigoter comme un bébé, des gestes saccadés sans précision, puis tout s'arrêta brusquement, comme si l'on venait de la débrancher. Elle devint plus molle que jamais.

— On dirait qu'elle n'a plus d'os, dit Ginger.

Eulalie prit le pouls de notre amie et secoua la tête. Ses yeux se remplirent de larmes.

— Je crois malheureusement que nous avons raté notre sauvetage.

Elle n'eut pas le temps de terminer sa phrase. Prudence posa sa main sur le visage d'Eulalie et sourit. Eulalie poussa un cri d'effroi. Margarita, Ginger et moi ne pûmes retenir un éclat de rire général.

Prudence était sauvée.

Eulalie, par contre, ne se sentait pas bien du tout. Elle répétait qu'elle allait s'évanouir et que ce qu'elle venait de vivre était beaucoup trop pour ses petits nerfs. Elle nous assura que le cœur de Prudence ne battait plus quelques minutes avant. Ce qui s'était passé était invraisemblable !

— Vous voulez une goutte d'eau magique, plaisanta Ginger… ça fait un sacré effet !

Prudence sortait doucement de ses semaines d'horreur. La lumière lui faisait mal aux yeux, elle semblait encore très fatiguée mais son petit sourire me rassurait.

29

Sœur Ethelred n'avait pas cessé de frapper à la porte, nous menaçant de tout ce qu'elle pouvait. Cependant nous l'ignorions avec un certain plaisir. Soudain, une voix d'homme remplaça celle de la sœur.

– Ouvrez ! Je suis le père Phildamon, je viens donner l'extrême-onction.

– C'est quoi, ce truc ? demanda Ginger. On dirait le nom d'une lotion pour les cheveux…

– L'extrême-onction est un sacrement qu'on administre aux mourants, expliqua Eulalie. Grâce à cela, ils peuvent partir en paix.

– À mon avis, on n'a pas besoin de ça quand on meurt… parce que quand on meurt on est forcément en paix, non ?

On aurait plus besoin de ça quand on vit…

Eulalie se déplaça pour ouvrir la porte au prêtre. Sœur Ethelred et sœur Meredith se bousculèrent à l'intérieur et se précipitèrent derrière le paravent, où Prudence les accueillit avec son petit sourire fatigué.

– Ça alors! s'exclama sœur Meredith.

– Ça tient du miracle! dit sœur Ethelred à son tour.

Le père Phildamon me demanda tout bas s'il s'agissait de la mourante.

– L'ex-mourante, précisai-je.

Il sourit derrière sa grande barbe et posa sa main sur le front de Prudence.

– Je vous souhaite encore de bien belles années, dit-il.

La chanson latine habituelle accompagnait la scène. Nous finissions par ne plus l'entendre. Le père Phildamon, lui, tendit l'oreille, interloqué.

– Vous pouvez me faire l'extrême-onction, s'il vous plaît? demanda Ginger. Je voudrais vivre en paix.

Sœur Ethelred s'emporta comme elle le faisait si souvent. Elle demanda à notre amie de se mettre à genoux et de s'excuser de son impertinence, mais le père Phildamon aida Ginger à se relever et dit:

– Tu n'as pas à me demander pardon, j'ai entendu ta douleur et je prierai pour toi.

Ginger l'embrassa comme elle avait embrassé Lady Bartropp.

— Vous êtes un homme gentil ! dit Ginger. C'est la voix qui parle dans moi qui l'a dit.

— Et toi, qu'en penses-tu ? demanda le prêtre.

— Je crois ce que me dit la voix.

Le prêtre s'intéressa longtemps au problème de Ginger avant de lui conseiller :

— Tu devrais n'écouter que toi... à force, tu n'entendras plus cette voix parasite, tu verras...

— Même si elle parle fort ?

— Il suffit de penser plus fort qu'elle ne parle... je sais que tu en es capable.

— Elles sont capables de tout ! Méfiez-vous, mon père, ces enfants sont diaboliques ! s'exclama sœur Meredith.

— Je ne vois pas pourtant le diable ici, dit le père Phildamon en esquissant un sourire.

— Le diable est sous l'abbaye, marmonna Prudence, qui émergeait doucement.

Eulalie lui fit les gros yeux et mit le doigt devant sa bouche pour l'inviter à se taire mais Prudence ne savait pas encore qu'Eulalie était de notre côté et je perçus dans son regard une terrible confusion. Elle semblait me demander de l'aide.

— Eulalie a veillé sur toi jour et nuit avec beaucoup de gentillesse. Tu n'as rien à craindre avec elle. Elle sait tout, dis-je.

En prononçant ces paroles, je réalisai que Prudence, elle, ne savait rien de l'incroyable aventure que nous venions de vivre pour lui sauver la vie. Elle était encore trop faible pour suivre un long récit avec attention.

Le prêtre repartit et je sentis que nous nous retrouvions alors dans une position délicate face aux sœurs Ethelred et Meredith qui avaient contenu leur colère et leur frustration depuis l'arrivée du père Phildamon. Elles ne rêvaient en fait que de nous punir, nous faire payer l'humiliation que nous venions de leur faire subir en leur fermant la porte au nez, nous démontrer qu'un enfant ne pouvait vaincre un adulte, qu'un enfant n'avait aucun pouvoir, qu'un enfant n'avait aucun droit. Voilà ce qu'on essayait de nous faire comprendre ici. Sœur Ethelred s'adressait à nous comme si nous étions des êtres inachevés, comme s'il nous manquait encore une partie de cervelle pour fonctionner normalement. J'aurais aimé savoir à quel moment précis s'opérait la transition entre le monde des enfants méprisés et celui des adultes respectés et comment s'opérait ce changement mais j'espérais du fond du cœur que mes parents seraient revenus avant ce jour et que je pourrais finir de grandir loin de cette éducation absurde.

L'aventure que je venais de vivre m'avait ouvert les yeux. J'étais tout à fait capable de ne pas me plier aux règles des sœurs, tout à fait capable de me débrouiller seule, de prendre des décisions importantes, de sauver une amie. Je n'avais rien à envier aux adultes et, quoi qu'en aient pensé quelques nonnes à l'orphelinat, il ne me manquait pas un seul morceau de cerveau pour être une personne entière. J'avais pris une redoutable confiance en moi et je n'avais plus désormais l'intention de laisser sœur Ethelred mener notre barque sans mettre la main au gouvernail. Si nous n'étions pas intervenues pour sauver Prudence, sœur Ethelred l'aurait laissée mourir. Lady Bartropp avait bien raison de faire attention aux enfants. Je regrettai simplement qu'elle ne vienne que le mardi à l'orphelinat.

D'ailleurs, nous étions mardi et je me réjouis à l'idée qu'elle n'allait sans doute pas tarder. Je croisai les doigts pour qu'elle arrive dans le dortoir avant que sœur Ethelred ne déploie sa colère mais la colère ne se déploya guère, elle tomba comme avait dû tomber la foudre sur le sapin d'Alvénir. Je ne sais même pas ce que la nonne hurla à cet instant. Un coup de tonnerre suivi d'une phrase interminable surchargée de punitions et de reproches. Margarita se boucha les oreilles en signe de révolte. Nous la suivîmes toutes, même Prudence, qui nous adressa de nouveau un petit sourire complice, plein de vie.

Sœur Meredith passait derrière nous et tentait de décoller nos mains de nos têtes, en vain. Eulalie tentait de faire taire sœur Ethelred en lui expliquant calmement que nous devions avant tout nous réjouir de la guérison de Prudence mais elle finit par se boucher également les oreilles pour signifier son désaccord avec sœur Ethelred, qui n'avait que faire de ses remarques.

Lady Bartropp entra dans la pièce à cet instant, accompagnée par... Dawson. Elle était lumineuse et guillerette. La présence du jardinier modifiait son attitude. Elle semblait beaucoup moins sérieuse qu'à l'accoutumée. D'ailleurs, elle ne put retenir un éclat de rire cristallin que nous perçûmes à travers nos mains posées sur nos oreilles.

– Pourquoi vous bouchiez-vous les oreilles ainsi ? demanda-t-elle en s'approchant du lit de Prudence.

Personne ne répondit, elle poursuivit :

– Dieu soit loué, Eulalie, tu as sorti Prudence du coma ! Merci ! Merci !

Elle embrassa chaleureusement Prudence, puis Eulalie.

– À vrai dire, je n'ai rien fait... avoua Eulalie.

– Je le confirme ! marmonna sœur Ethelred, plus aigrie que jamais.

Lady Bartropp voulut en savoir plus mais personne n'osait lui raconter la vérité. Dawson fronçait les sourcils et toussotait gaiement pour signifier qu'il n'était pas dupe et que nos histoires ne tenaient pas debout. Nous passions notre temps à nous contredire, notre récit prenait la tournure d'un cadavre exquis. Les phrases sans rapport s'enchaînaient, les yeux de Lady Bartropp s'ouvraient de plus en plus grand, Eulalie retenait un fou rire, Prudence, qui ne connaissait pas encore la bonne version de son sauvetage, ponctuait notre récit de «Ah bon?» tout en essayant d'ajouter ce dont elle se souvenait de sa descente en enfer.

— En enfer, en enfer… Comme vous y allez, vous! s'amusa Lady Bartropp. L'enfer ne peut pas exister sous une abbaye tout de même!

Dawson dit que l'enfer était partout où étaient la peine et le malheur et Lady Bartropp rétorqua aussitôt en riant:

— Mais enfin, Dawson, cela signifierait alors que la peine et le malheur siègent sous l'église! Vous racontez n'importe quoi, l'enfer n'existe que si le diable existe… le diable, le vice, le péché… toutes ces choses-là, mon cher Dawson… Mais vous ne connaissez rien de tout cela, n'est-ce pas? Bien sûr! Tout le monde sait que vous êtes un ange!

Dawson nous tourna le dos et fit les cent pas dans la pièce mais je vis sa pommette se soulever et je sus qu'il riait tout seul. Sa complicité avec Lady Bartropp s'affichait plus que jamais.

Lady Bartropp nous demanda à plusieurs reprises de recommencer notre histoire depuis le début... ce que nous fîmes, mais notre récit prit à chaque fois une autre tournure puisque nous racontions ce qui nous passait par la tête.

Elle finit par se fâcher un peu. Nous parlions toutes ensemble. Même Eulalie s'y était mise, seule Prudence racontait la vérité, mais il ne s'agissait que d'une infime partie de l'aventure et ses mots se noyaient dans notre brouhaha. Lady Bartropp haussa donc le ton et nous ordonna :

— Margarita, clairement, je veux que tu m'expliques comment Prudence a guéri.

— Vous ne me vouvoyez plus ? s'étonna Margarita.

— Eh bien, Lady Bartropp... quelle familiarité, plaisanta Dawson.

— Excusez-moi, Margarita, je suis un peu sortie de mes gonds mais je perds patience à vous écouter toutes. On dirait que vous tentez de me cacher quelque chose.

— Moi non plus, je ne comprends rien, dit Prudence. Qui a fait disparaître ma brûlure ? (Elle observa son bras.) Regardez… plus la moindre trace… pas la moindre cicatrice…

— Elles ont rapporté une bouteille, dit soudain sœur Meredith, qui essayait tant bien que mal de nous faire punir et voulait prouver à Lady Bartropp que nous n'avions dit que des mensonges.

Sœur Ethelred surenchérit et raconta comment nous nous étions enfermées dans le dortoir.

— Je me demande même si Eulalie ne fait pas un peu de magie noire ! ajouta-t-elle soudain. Pourquoi se seraient-elles toutes enfermées de la sorte autrement pour guérir la petite ?

Lady Bartropp regarda Eulalie dans les yeux. J'ignorais ce qui liait ces deux femmes mais il s'agissait certainement de quelque chose de très fort.

— Magie noire ? demanda seulement notre bienfaitrice.

Eulalie secoua la tête

— Magie tout court, Aglaé, magie tout court, avoua-t-elle.

— Hé ! hé ! On commence à s'amuser, dit Dawson.

Lady Bartropp lui fit les gros yeux. Mais il s'agissait de gros yeux doux. Elle pria les deux furies de sortir et soupira dès qu'elles furent dans l'escalier.

— Pff ! Quelles méchantes ces deux-là ! J'aurais dû être plus présente pendant toutes ces années. Je pensais que vous étiez entre de bonnes mains avec sœur Ethel-red… quelle erreur !

Eulalie acquiesça. Dawson ajouta :

— Les religieux ne sont pas tous des saints…

— Les jardiniers non plus, lui répondit Lady Bar-tropp tout bas, mais pas assez pour que cela m'échappe.

— Nous disions donc, magie ? reprit Lady Bartropp avec un air coquin. Je t'écoute, Eulalie.

30

June, Hope, Daffodil et Regina venaient de nous rejoindre.

D'une voix très douce, Eulalie entreprit le récit de notre aventure. Parfois Dawson ou Lady Bartropp nous interrompaient pour obtenir plus de précisions, alors l'une d'entre nous leur dessinait un plan, un croquis, un détail pour les aider à comprendre.

Lorsque Eulalie parla du Diable Vert et des souterrains de l'abbaye, Dawson et Lady Bartropp nous assurèrent qu'ils se rendraient sur les lieux un peu plus tard.

— Si ce personnage est dangereux, nous devons le chasser de son repaire, dit Lady Bartropp. Nous lui offrirons un abri, s'il le faut.

Eulalie eut beau expliquer qu'il ne s'agissait ni d'un clochard ni d'un fou mais bel et bien d'une créature maléfique, Dawson et Lady Bartropp ne voulaient écouter tout cela qu'avec des oreilles d'adultes. Et les oreilles d'adultes n'entendent que ce qui les arrange... ou plutôt, ce qui ne les dérange pas.

Lorsque nous fîmes allusion au monde d'Alvénir, Dawson précisa que nos descriptions étaient celles des tableaux accrochés au mur de son salon. Il continuait à penser que je m'étais largement laissé influencer par ces images.

J'étais soulagée de n'avoir pas menti mais également soulagée que Dawson et Lady Bartropp ne croient pas au monde d'Alvénir. J'aurais eu l'impression de trahir un secret, de leur offrir une chose qu'ils ne pouvaient pas comprendre ou qu'ils ne méritaient peut-être pas. Ils venaient en quelque sorte de refuser un cadeau et je n'insistai pas un instant pour qu'ils s'y intéressent un peu plus. Margarita, Ginger et June n'en rajoutèrent pas non plus. Elles firent semblant de reconnaître que Dawson avait sans doute raison.

– L'être humain est très influençable, conclut Margarita.

Lady Bartropp semblait enchantée d'entendre Margarita parler ainsi.

– Tu es épatante, Margarita ! dit-elle.

– Vous la tutoyez de nouveau, Aglaé... Pourquoi tant de familiarité ? s'amusa Dawson.

Dawson aimait taquiner Lady Bartropp.

Elle fixa ses bottines à talons bobines et rougit un peu. Dawson la troublait sans doute.

Eulalie dit qu'elle, elle croyait au monde d'Alvénir. Sinon, d'où aurions-nous pu rapporter cette bouteille d'eau magique ?

— Tu es bien ma petite sœur ! déclara Lady Bartropp. Tu es vraiment restée une gamine. Je t'envie parfois.

— Votre sœur ? m'exclamai-je.

— Eulalie Bartropp, ma sœur, effectivement.

— Vous ne le saviez pas ? s'étonna Eulalie. Je pensais qu'Aglaé vous avait prévenue avant mon arrivée.

Lady Bartropp regarda par la fenêtre, l'air détaché et innocent, et reprit notre conversation concernant la guérison miraculeuse de Prudence.

— Oublions votre pays d'Alvénir quelques instants, dit-elle, où avez-vous réellement trouvé l'eau qui a sauvé votre amie ?

— Dans le bois, derrière le potager, dis-je.

Dawson nous assura qu'il n'existait aucune source dans ce petit bois qu'il connaissait comme sa poche. Et puis comment l'eau d'une source aurait-elle provoqué ces spirales improbables sur le corps de notre amie ?

— Tout cela ressemble à une grande farce, dit-il. Mais l'histoire est jolie.

Margarita serrait les mâchoires. Elle détestait ne pas être crue mais elle hésitait tout de même à laisser le couple s'immiscer dans notre histoire. Dawson se moqua d'Eulalie qui tentait une dernière fois de le convaincre de la réalité des phénomènes surnaturels dont elle avait été témoin. Margarita ne put retenir son agacement. Elle passa la main sous son matelas pour en sortir le manuscrit du prêtre.

– Vous voulez des preuves ! Voilà des preuves ! s'exclama-t-elle. C'est grâce à ce livre que nous avons compris que l'eau d'une source guérirait Prudence.

Lady Bartropp ouvrit précautionneusement le manuscrit. Ginger, June et moi n'étions pas enchantées par la décision de Margarita qui avait agi sans nous demander notre avis.

– Tu vois que c'est une petite chef, me murmura Ginger. Elle n'en fait qu'à sa tête…

Lady Bartropp fit une grimace, tourna rapidement les pages, referma le livre et déclara :

– Très amusant ! Il n'y a rien dans ce livre. Pas une ligne, pas un mot.

Margarita reprit l'objet furieusement et l'ouvrit devant elle. Son visage se décontenança.

– Ben mince ! Il n'y a plus rien d'écrit, constata-t-elle.

– Quelqu'un a arraché les pages ? demanda June.

— Même pas ! soupira Margarita. Tout s'est effacé !

Eulalie prit encore une fois notre défense et sa sœur lui reprocha encore son infantilisme et une certaine naïveté.

Eulalie se fâcha.

— Tu fais la grande dame depuis que tu es née, tu crois que tu sais tout alors que souvent tu passes à côté de l'essentiel. Les enfants, c'est ça l'essentiel, leur vérité, leur parole, leur vision du monde si pure, si juste… toi tu ne vois que les conventions, les choses qui se font ou ne se font pas, qui se disent ou ne se disent pas… tu vis dans le mensonge, tu montres une partie de toi qui n'est qu'un petit bout de ta personnalité, tu te mens et tu mens aux autres bien plus que ces enfants qui eux ne disent que le vrai.

Lady Bartropp rétorqua :

— Mais enfin, j'aime les enfants et je les respecte bien plus que tu ne le penses ! Sinon pourquoi aurai-je financé cet orphelinat ?

— Tu crois que je ne le sais pas ? dit Eulalie avec un air un peu dur que nous ne lui connaissions pas.

— De-de-de quoi veux-tu parler ? bégaya Lady Bartropp.

— Tu es sûre que tu veux entendre ça ici ? rétorqua Eulalie.

Lady Bartropp leva les yeux au ciel.

– Mais de grâce, Eulalie, calme-toi ! Quelle guêpe t'a piquée aujourd'hui ?

– Je me calmerai si tu acceptes de nous croire et si tu arrêtes de me mépriser ainsi. Sinon, je ne me priverai pas de dire ce que je sais à ton sujet. Et je sais bien plus de choses que tu ne crois. J'ai un sixième sens, moi !

– J'appelle ça une imagination débordante, ricana Aglaé en feignant de ne pas craindre les menaces de sa sœur.

En réalité, son regard se remplit d'inquiétude. Elle venait de réaliser qu'Eulalie ne plaisantait pas. Mais que savait-elle de si important ?

– D'accord, d'accord… ce que vous nous avez dit est peut-être vrai, mais alors emmenez-moi à la source d'Alvénir et allons rencontrer le Diable Vert, accepta Aglaé.

– Moi, je ne viens pas avec vous, je préfère garder Prudence, dit Hope.

Dawson se taisait. Il se mordait le coin de la bouche. Pour une fois, il ne riait pas.

– La vérité éclatera un jour ou l'autre de toute façon, dit-il soudain. Ta sœur a raison, Aglaé, tu te mens, nous nous mentons, nous mentons aux autres. Ne crois-tu pas qu'il est temps de remettre les pendules à l'heure avant le grand jour ?

Prudence réagit alors :

— Des pendules, il y en a plein dans la pièce du diable !

— C'est vrai ! dit June. Je ne sais pas ce qu'il fait avec.

— Ces pendules sont peut-être celle d'Alsima, il ne faut pas oublier qu'elle seule savait ouvrir les portes du temps, fis-je remarquer.

Lady Bartropp prétendit que nous nous égarions de nouveau dans des récits invraisemblables.

— Je veux bien faire des efforts pour vous croire mais votre imagination est vraiment sans limites ! C'est épuisant de tenter de vous suivre, ajouta-t-elle. Je n'ai malheureusement plus votre âge.

Dawson l'interrompit :

— Aglaé, je viens de te poser une question importante. Tu l'esquives...

— Je préfère l'esquiver pour l'instant, répondit Lady Bartropp sèchement. Allons visiter ce souterrain et finissons-en avec ces histoires démentes.

32

Margarita et moi fûmes choisies pour accompagner Dawson et Lady Bartropp dans leur visite des sous-sols. Je conseillai au jardinier de nous équiper tous de lampes de poche.

— Vous n'auriez pas aussi un couteau ou une arme pour nous défendre ? demanda Margarita. C'est vraiment dangereux là-dessous.

Dawson passa décrocher un vieux fusil du mur de son salon en riant :

— Le fusil de mon père ! Je ne m'en sers jamais, je n'aime pas les armes... mais si cela peut effrayer votre créature, alors allons-y !

— Tu crois vraiment à leurs histoires ? demanda Aglaé Bartropp au creux de l'oreille de son amoureux.

Ces tutoiements réciproques signaient bien que des liens spéciaux les unissaient en secret.

— Le doute est mon ami, répondit Dawson, et puis j'ai l'impression d'être soudain le héros d'un roman d'aventures en partant ainsi armé à la rencontre d'un être maléfique. Pour une fois qu'on s'amuse ici !

— Vous ne vous amusez pas en général ? demanda Margarita.

— Peu, dit l'homme. Il ne fait pas bon vieillir dans une abbaye !

— Où travailliez-vous avant de venir vous installer ici ?

— Au château de Sulham, au service des parents de Lady Bartropp.

— C'est là que vous vous êtes rencontrés ? Pourquoi êtes-vous venus ici ?

— Cela ne vous regarde pas, Margarita, dit Aglaé.

— Ça la regarde pourtant… contesta Dawson en ouvrant la porte de l'abbatiale.

— Plus tard, Dawson, plus tard, je vous en prie, ne mélangez pas tout ! supplia la Lady.

Margarita se pencha vers moi et chuchota :

— Je me demande ce qu'ils nous cachent, ces deux-là…

— Elle n'a pas l'air très fière d'elle en tout cas, remarquai-je.

Les couloirs éclairés par les lampes torches n'étaient plus aussi effrayants. La voix de Dawson nous rassurait aussi.

— Ce que la présence d'un homme peut rendre

un lieu paisible, remarqua Margarita. Vous avez de la chance d'être un homme, Dawson, et nous avons de la chance d'être avec vous... ou peut-être est-ce votre fusil qui me rassure. En tout cas, je suis juste un peu inquiète alors que les fois dernières j'étais terrorisée.

Lady Bartropp se réjouit de nouveau.

– Ah Margarita, Margarita! Je suis si fière de vous! Cette aisance, ces propos intelligents... vous faites honneur à...

– À qui? À quoi? demandai-je.

Lady Bartropp bafouilla. Dawson se retourna et braqua sa lampe sur le visage gêné d'Aglaé.

– Vous faites honneur à l'orphelinat d'Abbey Road, dit Aglaé.

– En général je fais plutôt honte aux sœurs qui nous élèvent, dit Margarita. Elles ne me voient pas comme vous me voyez.

– C'est plus que normal... s'amusa Dawson. Je tourne à gauche ou à droite?

Il me semblait que le diable serait plus facile à trouver dans la pièce aux horloges, j'orientai donc le groupe vers la droite.

– Ce ne doit donc pas être le diable, plaisanta Aglaé. Le mal est toujours à gauche, c'est bien connu : *sinister* en latin!

Margarita fit une brève description de ce que nous avions trouvé à gauche : le vieux fauteuil, l'escalier, la salle d'attente, les tableaux, les tapis, la chaleur et cette affreuse odeur flottant partout qui d'ailleurs semblait s'être estompée.

– Vous savez, Dawson, ces catacombes ont dû servir d'abri et de refuge à des résistants pendant l'une de nos nombreuses guerres. Vous n'y étiez jamais entré ? demanda Aglaé.

– Jamais.

– Vous n'êtes vraiment pas curieux, commenta-t-elle d'une voix espiègle.

– C'est sûr. Pour ce qui est de la curiosité… la petite tient de vous, pour ce qui est de l'intelligence, évidemment, c'est tout autre chose, dit-il d'un ton moqueur.

Il éclata de rire. Pas nous.

La petite ? De qui parlait Dawson ? Lady Bartropp avait donc une fille.

– Dawson, enfin ! s'exclama Aglaé. Vous êtes intenable !

– Si nous sommes vraiment en enfer, n'est-ce pas l'endroit rêvé pour parler de nos péchés, Aglaé ?

– Intenable et exaspérant ! ajouta-t-elle. Vous n'êtes pas sortable. Pas étonnant que je vous aie toujours caché.

Lady Bartropp se dévoilait soudain comme si nous avions été en famille. Elle n'avait même plus la même voix ni le même ton. La grande dame était devenue une petite dame rigolote. Est-ce que la magie était de nouveau en train d'agir ? Est-ce que ce souterrain pouvait aussi transformer le caractère des gens ?

– Vous avez des enfants ? demanda Margarita, naïve.

Nous arrivions devant une bifurcation. Dawson interrompit donc Margarita pour savoir quel chemin suivre.

– Nous pouvons visiter la salle des reflets ou aller directement chez le Diable, dit Margarita.

– Nous n'avons pas de temps à perdre devant des miroirs, dit Lady Bartropp. Allez, hop ! Filons chez le Diable Vert…

Elle ricana. Vraiment, elle n'était plus la même.

– Hi ! hi ! hi ! Le Diable Vert… vraiment, Dawson, il n'y a que toi pour m'embarquer dans des histoires comme celle-là. C'est excitant ! gloussa-t-elle.

– Vous vous tutoyez ? demanda Margarita.

– Ta mère est une drôle de bonne femme, tantôt elle me vouvoie, tantôt elle me tutoie…

– Ma mère ? hurla Margarita. Vous racontez vraiment n'importe quoi. Vous êtes sûr que vous avez assez d'oxygène ici ?

Dawson ouvrit la porte de la chambre du Diable

mais tout avait disparu : les pendules, les inscriptions aux murs, les meubles, la boule en verre remplie de feu. Nous visitâmes donc une vieille cave vide, sans aucun intérêt.

— Ma mère ? répéta Margarita sans plus faire attention à nos histoires de diable.

Quelque chose de beaucoup plus important se dessinait maintenant.

Mon cœur fit d'étranges sauts entre mes côtes. Ce que je venais d'entendre me semblait impensable. Le cœur de Margarita, lui, devait s'être arrêté tant la surprise était conséquente.

— Pouvons-nous rebrousser chemin ? demanda Dawson. Il n'y a rien nulle part. Vous êtes rassurées, les filles ?

— Ma mère ? dit encore Margarita.

— Ça vous ennuie d'attendre que nous soyons à l'air libre pour parler de cela ? Nous manquons d'air ici, demanda Lady Bartropp qui avait soudain repris sa voix et son accent chics.

Dawson l'imita en se moquant à nouveau d'elle :

— Ça vous ennuie d'attendre que nous soyons à l'air libre pour parler de cela ?... Bon sang ! Aglaé ! Margarita n'a sûrement pas envie d'attendre.

Il s'arrêta net dans le couloir et braqua sa lampe sur le visage de Lady Bartropp :

– Oui, cette femme est ta mère.

Il tourna la lampe sur son visage.

– Et cet homme, blond vénitien comme toi, est ton père.

Margarita ouvrit de grands yeux terrorisés et s'évanouit dans mes bras. Son poids, pourtant léger, me fit tomber à la renverse et nous nous retrouvâmes l'une sur l'autre, allongées dans la terre battue du souterrain. Margarita ne revint pas à elle immédiatement. J'essayai de lui tapoter les joues mais son corps évanoui pesait sur le mien et je ne trouvais plus mon souffle.

– Ah ! C'est malin ! s'écria Lady Bartropp. Tu vois dans quel état l'a mise ta première phrase paternelle. Je me demande vraiment si nous sommes faits pour être des parents.

Elle m'aida à me dégager et assit Margarita contre elle, l'encerclant de ses deux bras minces.

Margarita ouvrit les yeux et murmura :

– Je ne comprends rien du tout.

– Tu t'es évanouie, précisai-je… sur moi !

– Nous allions remonter : je crois que vos histoires de Diable Vert sont des histoires d'enfants, dit Aglaé.

– Et votre histoire d'enfant est une histoire diabolique ! dit Margarita. Comment puis-je être votre fille ?

– Aïe, ça se complique ! grommela Dawson. Je sens que ma deuxième phrase de père ne va pas encore être celle que tu attends. Disons que pour faire un enfant il faut un homme et une femme...

– Qui s'aiment, précisa Lady Bartropp.

– Et s'ils ne s'aiment pas ? demandai-je.

– Ça peut marcher aussi... malheureusement. Mais nous ne sommes pas dans ce cas. Aglaé et moi nous nous aimons depuis si longtemps ! expliqua Dawson.

– Justement, mon cher, n'auriez-vous pas pu attendre notre mariage pour annoncer cette nouvelle à Margarita ?

Margarita s'était tue, elle avançait, la bouche entrouverte.

Je suggérai que l'on fasse un tour à gauche avant de ressortir. Je ne pouvais pas croire que tout ce que nous avions vu ici avait disparu.

– À gauche ! C'est ce que je vous disais. C'est là que se trouve le diable en théorie, remarqua Aglaé.

Dawson se hâta devant nous et nous assura que les couloirs et la cave de gauche étaient complètement vides.

Nous regagnâmes donc rapidement la surface. J'étais blessée. Dawson et Aglaé nous prenaient désormais pour des gamines affabulatrices. Je ne trouvais pas de solution pour leur faire entendre que le Diable

Vert avait bel et bien habité là et qu'il avait sans doute déménagé suite au jour où nous avions kidnappé le chat.

Qu'aurait dit Eulalie si elle nous avait suivis ? Lorsque nous la retrouvâmes, elle parut contrariée que notre visite souterraine ait donné raison à sa sœur. Elle regarda Margarita et s'exclama :

— Tu ne m'as pas l'air dans ton assiette ? Toi aussi, tu es déçue, c'est ça ? demanda-t-elle.

— Ce sont mes parents ! Et ils vont se marier ! annonça Margarita en montrant Dawson et Aglaé.

— Vous allez vous marier ? Ah ! Je ne savais pas tout !

— Sixième sens, mon œil ! s'exclama Aglaé. Cinq sens et demi... au maximum... et encore, ça dépend des jours.

Dawson traita Aglaé de gamine, ce qui lui déplut fortement. Elle dit qu'elle craignait beaucoup pour sa future vie de famille avec un énergumène de la sorte.

— La vie de famille ? s'étonna Margarita. Nous allons vivre ensemble ? Ah ! Non merci ! Vous me laissez croupir ici pendant quatorze ans et tout à coup vous me récupérez comme si vous aviez oublié votre écharpe chez des amis.

— L'image est belle, commenta Eulalie joyeusement. La digne nièce de sa tante, cette Margarita... une poète...

Lady Bartropp nous dit qu'elle n'avait jamais pu avouer son amour pour Dawson à ses parents, très conservateurs, car l'union d'un jardinier et d'une Lady et l'idée même d'un enfant issu d'une telle union étaient impensables dans sa société. Elle avait donc caché sa liaison et sa grossesse aux yeux des siens, financé l'orphelinat et mis Dawson en poste ici, persuadée qu'ainsi leur fille ne manquerait de rien.

— Eh bien, j'ai manqué d'amour malgré tout, dit Margarita.

— J'étais là pourtant, remarqua Dawson… les biscuits dans le tiroir… les petits privilèges…

— Les privilèges ne sont pas de l'amour, dit Margarita sèchement. Vous prétendez être adultes et tout savoir mais vous ne savez pas encore ça. Je vous en veux beaucoup.

Elle sortit en courant du dortoir.

Dawson la regarda partir en souriant :

— Je suis si fier d'elle.

— Eh bien moi, je ne suis pas fière de vous, rétorqua Aglaé. Vous auriez dû attendre encore un peu.

— Quatorze ans de plus ? plaisanta Dawson. Je ne peux pas me réjouir de la mort récente de tes parents mais tout de même, elle nous permet de nous aimer au grand jour et d'élever notre fille ensemble. Il n'y a plus de temps à perdre, Aglaé !

32

Eulalie, qui souhaitait m'accompagner à la source supplia sa sœur de rester aux côtés de Prudence.

— Mais je suis là, remarqua Hope, vous pouvez me faire confiance.

— Moi aussi, insista June, je suis là. Je peux aider.

— Je vous fais confiance, dit Eulalie, mais j'ai bien peur que sœur Ethelred ne soit pas de mon avis. Elle vous fera quitter la pièce sans tarder si aucun adulte n'est à vos côtés. Je crois que ça la rassure de penser que les enfants sont forcément des incapables. Elle a, grâce à cela, l'impression de garder le contrôle.

Lady Bartropp acquiesça et promit à sa sœur qu'elle resterait dans le dortoir jusqu'à son retour.

— Oh! Merci Aglaé! Je rêve tant de voir le bois d'Alvénir de mes propres yeux, avoua Eulalie avec une voix de petite fille.

Je rappelai à Eulalie que seules Ginger et sa voix pouvaient nous faire entrer dans le pays d'Alvénir. Il fallut donc parcourir le parc de l'abbaye pour retrouver Ginger qui était sortie pendant notre visite des souterrains. Elle s'était installée sur la grosse branche d'un chêne et chantait une chanson à tue-tête.

– Je fais ce que m'a dit le père Phildamon : je pense plus fort que la voix, je chante plus fort que la voix… Comme ça, elle va finir par se taire ! hurlat-elle lorsqu'elle nous aperçut au pied de l'arbre.

Elle nous accompagna sans problème dans le bois d'Alvénir. Sa chanson latine la suivait toujours. Cette voix-là ne l'avait jamais dérangée puisqu'elle ne l'entendait pas. Très vite, le sol se recouvrit de bruyères multicolores, le grand sapin foudroyé pointa sa flèche au milieu des autres, quelques papillons rares caressèrent nos joues.

– Alvénir, dis-je. Nous y sommes !

Eulalie ne comprenait pas encore ce qui faisait la différence entre un bois normal et celui du pays d'Alvénir.

– C'est très joli ici mais je ne vois rien de magique.

Nous avançâmes vers la source. Le hibou vola immédiatement à nos côtés. Lorsque Eulalie l'entendit parler, elle se mit à rire comme une petite fille.

– Il s'appelle Alfébor, c'est le gardien de la source, précisai-je.

– Tout le monde le sait! parada le hibou en gonflant ses plumes.

Eulalie prit la vieille casserole rouillée pour prélever un peu d'eau dans la fontaine de la source mais le hibou lui asséna un coup d'aile violent sur l'avant-bras, comme à son habitude.

– Source interdite! Vous n'avez pas d'autorisation spéciale cette fois? demanda-t-il.

– Nous sommes revenues pour le plaisir, dis-je.

– Le plaisir? Définissez ce mot.

– Le ravissement, le contentement, dit Eulalie.

– Est-ce un but de promenade? demanda le hibou.

– Pour certains, c'est même un but de vie, dit Eulalie. Pour moi, le bonheur serait plutôt un but à atteindre. Avez-vous un but dans votre vie, monsieur Alfébor?

– Question idiote! Je ne réponds pas aux questions idiotes!

Eulalie rit encore:

– C'est vraiment très amusant ici, dit-elle.

Alfébor la regardait de travers.

– Amusant? Définissez ce mot!

– Drôle, divertissant...

– Je ne connais pas non plus...

– Comment dites-vous lorsque vous faites quelque chose qui vous met le cœur en fête?

– Question idiote !

Eulalie semblait charmée par ces discussions pourtant peu constructives et enchantée par le lieu qu'elle n'était pas pressée de quitter.

– Pourquoi n'irions-nous pas nous promener un peu plus loin ? demanda-t-elle. Je suis restée si longtemps au chevet de Prudence, le grand air magique me fait un bien fou…

Ginger dit sa crainte d'être kidnappée par la Grande Chouette, mais Eulalie lui promit qu'elle la protégerait s'il lui arrivait quoi que ce soit de dangereux.

Ginger sourit en coin.

– Ici, les adultes ne sont pas capables de protéger les enfants, tu rêves !

Eulalie rit encore et prit la main de Ginger :

– Ah ! Oui, ce doit être ça, je rêve ! Rentrons puisque tu as la frousse !

Soudain, une chape de brouillard s'abattit sur nous. L'air devint glacé. Des centaines de papillons verts surgirent du centre du nuage, puis la femme vêtue d'un smoking d'homme prit de nouveau forme devant nous.

– Bonjour, Grande Chouette, dis-je, un peu inquiète. Nous ne sommes pas revenues prendre de l'eau… Nous faisons visiter la région à notre amie.

– Et votre amie voyage pour le plaisir... Je suis déjà au courant...

Elle tendit la main à Eulalie.

– Vous êtes ?

– Eulalie Bartropp, enchantée... et je pèse mes mots, ajouta-t-elle. En-chan-téé !

– Eh bien, Eulalie, je vais vous garder avec moi en Alvénir. Je ne comprends rien à votre histoire de plaisir et de bonheur mais je dois tout comprendre. C'est mon rôle. Lorsque j'aurai compris, vous pourrez rentrer chez vous.

– Je t'avais pourtant prévenue, dit Ginger à Eulalie. La voix avait été claire : il ne fallait pas s'attarder.

– Les enfants sont les voix que les adultes devraient toujours écouter, dit la Grande Chouette.

– Mais j'écoute toujours les enfants ! Je suis bien la seule d'ailleurs.

– Il suffit d'une fois... dit la Chouette.

Elle s'évapora en emportant Eulalie. Le brouillard se dissipa, les papillons verts devinrent des flocons de neige qui fondirent immédiatement sur le sol. Nous étions seules dans le petit bois sombre, les bruyères multicolores avaient laissé place aux mousses et aux fougères banales.

– C'est pas juste, dit Ginger. Pourquoi tous les gens bien disparaissent ?

— Question débile ! Je ne réponds pas aux questions débiles dis-je en essayant de rire et d'imiter la voix d'Alfébor. En fait, je pleurais de grosses larmes chaudes.

33

De retour au manoir, il fallut expliquer à Lady Bartropp que sa sœur avait été enlevée par la Grande
Chouette d'Alvénir mais cela faisait sans doute partie
des histoires « absurdes » qu'elle ne pouvait entendre.
D'abord, Dawson et elle se mirent à rire très fort. Puis
Aglaé réalisa qu'Eulalie ne revenait pas et que l'heure
n'était sans doute pas à la plaisanterie. Elle passa alors
son temps à nous répéter la même question :

— Sérieusement, que s'est-il passé ?

— Sérieusement, la grande chouette a emporté
votre sœur dans son brouillard de papillons verts,
répondis-je à plusieurs reprises.

Ce récit mit Lady Bartropp très en colère.

— Vous nous avez déjà fait croire qu'un diable
habitait sous l'abbaye… maintenant vous conti-
nuez avec votre pays imaginaire et votre Grande
Chouette… mais bon sang ! Il s'agit de la vie de ma

sœur! Vous vous rendez compte qu'on ne plaisante pas avec ça.

J'avais beau lui assurer que tout était vrai, Ginger avait beau confirmer ces faits et pleurer la disparition de celle qu'elle appelait son « amie grande », Aglaé persistait à s'énerver contre nous.

— Ahhh! J'y suis, dit-elle soudain. C'est Eulalie qui me fait une farce! Elle essaie de me prouver qu'elle a bien raison de croire à la magie et à toutes vos fantaisies infantiles… c'est cela, n'est-ce pas?

Depuis le début de notre aventure, j'avais compris qu'il existait trois sortes d'adultes : les premiers étaient des enfants qui avaient grandi sans jamais oublier leur enfance. Eulalie représentait tout à fait cette catégorie. Les deuxièmes avaient un bon cœur et respectaient les enfants sans pour cela tenir compte de tous leurs avis ou pensées. Ils avaient choisi d'oublier l'enfant qui dormait en eux pour en imposer plus aux autres, paraître sérieux, ne pas s'en laisser conter, maîtriser les événements. Ils jouaient leur rôle d'adulte mais gardaient un œil amusé et protecteur sur l'enfance qu'ils regrettaient sans doute au fond d'eux! Aglaé appartenait à ce groupe agaçant mais rassurant, Alarice pouvait aussi faire partie de ce groupe. La troisième catégorie comprenait les Ethelred, Meredith, Jennifer et tous ces méprisenfants sadiques et obtus qui faisaient sans doute payer leur mal-être et leurs déboires d'enfance aux plus jeunes qu'eux. L'âge était pour eux un gage de supériorité.

Dawson, lui, naviguait entre la première et la deuxième catégorie. Aglaé aurait bien voulu qu'il reste sur le même sentier qu'elle mais Dawson était simplement un grand enfant qu'une grande dame tentait de recadrer.

Il finit par accorder du crédit à notre histoire. L'heure passait, Eulalie n'était toujours pas rentrée, il sentait bien qu'il ne pouvait s'agir d'une farce. Eulalie était désormais trop attachée à Prudence pour ne pas revenir la voir rapidement. Prudence allait beaucoup mieux. Elle s'était assise sur son lit et semblait suivre nos conversations avec intérêt. Lady Bartropp lui avait préparé un plateau de fruits et de céréales pour qu'elle puisse manger dès qu'elle le souhaiterait.

Margarita, quant à elle, n'avait toujours pas refait surface.

— Peut-être a-t-elle, elle aussi, été kidnappée par votre Grande Chouette ! s'exclama Aglaé d'un ton sarcastique.

— Vous mélangez tout, constata Ginger. Margarita vous boude, c'est tout.

Le soir tombait, le reste des filles s'installa dans le dortoir. Sœur Ethelred reprit son poste, la bouche pincée, les sourcils froncés, les mains croisées devant elle. Sœur Alarice vint saluer Lady Bartropp et constater que Prudence était de nouveau sur pied.

— Dieu a entendu nos prières, dit-elle. Alléluia !

— On peut voir ça comme ça, dit Hope, qui se fit immédiatement priver de dessert.

Lady Bartropp se révolta et dit à sœur Alarice qu'il était temps de changer ces méthodes vieillottes et inappropriées.

— Ouais ! Bien joué ! s'exclama Ginger.

Dawson se hâta de faire une promenade dans le bois pour s'assurer qu'Eulalie ne s'y était pas foulé la cheville. Je lui rappelai qu'il ne trouverait personne dans ce bois qui n'était pas le pays d'Alvénir et qu'il avait besoin de Ginger pour y pénétrer, mais Ginger refusa fermement de retourner en ce lieu.

— Une disparue, ça ne vous suffit pas ? demanda-t-elle.

Aglaé se révolta :

— Vous n'allez pas me dire que vous croyez à tout cela, Dawson.

— Non, je ne vais pas vous le dire car cela vous fâcherait mais je suis libre de croire à ce qui me plaît.

Sœur Ethelred se réjouit presque de la disparition d'Eulalie. Je voyais bien que sa bouche ne tombait pas autant que d'habitude. Peut-être esquissait-elle un sourire à sa façon.

À aucun moment Lady Bartropp ne parla du Diable Vert ou d'Alvénir aux sœurs. Pourtant je sentais bien que le sujet l'intéressait malgré tout mais elle ne voulait pas perdre son prestige ni son autorité devant la congrégation et, pour ce faire, elle devait laisser penser qu'elle appartenait elle aussi à la catégorie des méprisenfants et paraître hermétique à toutes nos histoires qu'elle qualifiait d'infantiles. Infantile était en fait un synonyme de magique, mais certains mots ont disparu depuis longtemps du vocabulaire des méprisenfants.

34

Margarita réapparut, comme si de rien n'était. Semblable à elle-même, elle avança tel un spectre dans l'allée, perdue dans sa longue chemise de nuit blanche et brodée, mais elle se mit au lit sans même saluer les autres.

Ses parents l'embrassèrent furtivement sur le front et n'insistèrent pas pour qu'elle leur parle. Ils se sentaient coupables de l'avoir effrayée de la sorte. Sœur Alarice sourit alors. Je crois qu'elle était la seule des sœurs à être au courant du secret.

Toutes les filles du dortoir observèrent la petite famille avec étonnement, sans comprendre, tandis qu'une rumeur se propageait dans le dortoir.

— Oooh ! La chouchoute ! s'exclama Louiséjessalyn.

Ginger, qui était en train de faire du trampoline sur son matelas, dit :

— Et voilà ! Une orpheline de moins à l'orphelinat ! Je vous présente les parents de Margarita !

– Mais Lady Bartropp et Dawson ne sont pas mariés ! remarqua Daffodil.

– Margarita a été adoptée par Lady Bartropp ? demanda Hope. Quelle veinarde !

Ginger ne répondait plus. Lady Bartropp, toute rouge, et Dawson, hilare, filèrent sur la pointe des pieds tandis que tout le monde les observait.

Un essaim de filles se forma autour de Margarita, qui refusa de donner plus d'informations au sujet de sa nouvelle famille. June et moi restâmes également silencieuses.

Margarita apprit la disparition d'Eulalie et supplia Ginger d'emmener Dawson en Alvénir.

– Je ne veux pas. C'est trop dangereux, dit la petite.

J'allais dans le sens de Ginger :

– Et si Dawson disparaissait à son tour ? Nous perdrions un adulte compréhensif à nos côtés.

Cet argument nous convainquit toutes. Nous nous persuadâmes en plus qu'Eulalie serait relâchée par la Grande Chouette, qui aurait bientôt compris ce qu'elle devait comprendre. Désormais j'attendrais donc le retour de mes parents mais aussi celui d'Eulalie. Est-ce que ma liste de disparus-qui-vont-peut-être-revenir allait ainsi s'allonger au fil des années ?

– Vaut mieux ça qu'une liste de morts, me dit June. L'espoir fait vivre.

– C'est parce que tu ne sais pas ce que c'est d'espérer vraiment. L'espoir, c'est pas un cadeau. C'est juste un bonbon pour te faire attendre… mais quand tu réalises que tu risques de sucer le bonbon toute ta vie, tu n'as qu'une envie, c'est de le cracher, lui expliquai-je.

– Tu ne le suceras pas toute ta vie, dit Ginger d'un air malicieux. La voix m'a dit que tu retournerais en Alvénir pour trouver ce qu'il te manque. En fait, la voix me préviendra le jour où je devrai t'accompagner… moi aussi j'irai chercher ce qu'il me manque quand ce sera l'heure.

Je me réjouis :

– La voix t'a dit que j'allais retrouver mes parents ?

– Ce qu'il te manque…

– Mais si tu fais taire ta voix, comme le père Phildamon te l'a conseillé, comment sauras-tu que nous devons partir ?

– Pfff, quoi que je fasse, on me guidera toujours… je ne peux rien faire toute seule il me semble… répondit Ginger en haussant les épaules.

Sœur Alarice s'étonna de la disparition d'Eulalie. Prudence dit qu'elle avait pris quelques jours de vacances bien méritées. C'était amusant de constater que personne ne voulait se donner la peine de raconter la vérité aux sœurs. Même Lady Bartropp s'en était privée.

— Il y a des gens à qui il vaut mieux mentir, me dit Prudence. C'est moins fatigant et moins dangereux que de dire la vérité.

Margarita semblait toujours un peu troublée par la nouvelle qui avait secoué sa journée. Elle avait beaucoup de mal à admettre que Lady Bartropp était sa mère :

— J'ai l'impression d'être l'objet d'un caprice. On dirait que tout à coup elle a eu envie d'une fille et qu'elle m'a choisie… Je n'aime pas les gens capricieux.

— Qu'elle t'adopte ou qu'elle t'ait mise au monde, ça ne change pas grand-chose après tout… remarquai-je.

— Et si je ne veux pas de cette mère-là ?

— Depuis quand on choisit ses parents ? remarqua June.

Pour s'occuper l'esprit, Margarita ressortit le manuscrit du père alcoolique. Elle poussa un petit cri et nous fit remarquer discrètement — il fallait toujours éviter Louiséjessalyn — que le texte était réapparu.

– C'est normal, certains secrets ne peuvent pas être connus de tout le monde, expliqua Ginger, sinon, ce ne sont plus des secrets.

Le lendemain, Eulalie n'était pas revenue, et Dawson déclara sa disparition au commissariat mais il confia à sa fille qu'il aurait préféré retrouver sa future belle-sœur au pays d'Alvénir. Margarita apprit aussi qu'elle irait vivre avec Aglaé et Dawson au château de Sulham après le mariage, car la fête que l'on préparait à l'abbaye depuis des semaines était en fait les noces de ses parents et non celles d'une cousine de Lady Bartropp, comme on nous l'avait laissé entendre. Margarita ne voyait qu'un point positif à ce changement : il n'était plus question pour elle de devenir novice.

Ce jour-là, je me sentis plus abandonnée que jamais. Ma grande sœur, mon modèle, ma confidente me quittait. Qu'allais-je devenir sans elle ?

– On est là, me dirent Hope, Prudence et June. Nous, on ne t'abandonnera pas.

Mais je sentais dans leurs voix, dans leurs regards perdus qu'elles aussi redoutaient le départ de notre amie.

Heureusement que la prédiction de Ginger m'ouvrait la possibilité d'un autre avenir. J'avais de nouveaux rêves en tête, des rêves qui grâce aux pouvoirs de Ginger, dont je ne pouvais douter, deviendraient forcément réalité.

Prudence avait repris une vie normale. Tout le monde faisait très attention à elle, à tel point qu'elle finit par dire en riant :

— Il faut donc avoir connu le diable pour devenir intéressante !

Évidemment cela fut immédiatement rapporté à sœur Ethelred par Louiséjessalyn et on nous prévint que le mot « diable » n'avait pas le droit d'être prononcé à l'abbaye.

— Sinon, que se passe-t-il ? demanda Ginger en sautillant.

— Sinon… vous n'irez sûrement pas au paradis, dit sœur Ethelred, qui réalisa soudain que nous étions mardi et que même une simple menace de punition aurait été très mal vue. En effet, les directives de Lady Bartropp n'étaient prises en compte que chaque mardi, jour de sa visite à l'orphelinat. Les sœurs ne pouvaient pas nous punir le mardi de peur d'être à leur tour réprimandées par Lady Bartropp. Le monde était-il ainsi construit ? Chaque chef craignait un autre chef plus fort que lui. Qui pouvait se proclamer à l'abri de toute autorité, de toute sanction ?

— Le paradis ! Pfff ! répondit Ginger en haussant les épaules… tu parles d'une menace !

Et elle se mit à sauter en criant :

– Diable ! Diable ! Diable !

Sœur Ethelred dit que sœur Alarice allait être prévenue immédiatement.

Il courait un vent de révolte à l'orphelinat et, ce jour, la réaction de Ginger nous encouragea à ne plus nous laisser faire non plus.

– Et qu'allez-vous dire à sœur Alarice ? demanda June.

– Que Ginger désobéit et qu'elle souille la maison de Dieu avec un mot interdit.

– Voulez-vous dire… DIABLE ? demandai-je avec un air maléfique.

Hope, June, Daffodil et moi reprîmes en chœur :

– Diable, diable, diable !

Et nous fîmes une ronde dans le jardin à laquelle s'ajoutèrent d'autres orphelines et tout le monde chantait d'une seule voix :

– Diable, diable, diable !

Lady Bartropp descendit de sa carriole à cet instant :

– Eh bien, je vois que tout le monde est bien heureux ici ! Quel bonheur ! constata-t-elle.

Sœur Ethelred lui fit quelques signes désapprobateurs mais le grand sourire d'Aglaé la décontenança rapidement. Ginger, qui n'avait pas sa langue dans sa poche, prévint Lady Bartropp que ses consignes n'avaient pas été respectées le reste de la semaine. Sœur Ethelred dit qu'on ne devait pas croire une enfant dérangée comme Ginger :

— Elle est possédée depuis ce matin... regardez-la... c'est inquiétant, n'est-ce pas ?

— De toute façon, vous ne croyez aucun enfant, dit Margarita.

Depuis qu'elle se savait la fille de notre bienfaitrice, elle exprimait encore plus qu'avant ce qui la dérangeait.

Qu'il était doux de regarder le visage agacé de sœur Ethelred soudain privée de son droit de punir et de critiquer ce qu'elle avait toujours appelé notre impertinence mais qui était en fait tout le contraire.

Cependant, je m'inquiétais de l'avenir de l'orphelinat. Nous avions compris que Lady Bartropp s'était toujours beaucoup impliquée ici parce qu'elle tenait à offrir une jolie vie à sa fille... mais qu'allait-il se passer lorsque Margarita serait partie ?

Comme je rêvais moi aussi de retrouver mes parents et de quitter enfin ce lieu ! Mais combien de temps Ginger et moi allions-nous encore attendre avant de repartir pour le pays d'Alvénir ? Je redoutais les heures passées ici sans Margarita.

— Dis, Margarita, tu m'inviteras au château de Sulham ? demandai-je, les larmes aux yeux. Tu ne m'oublieras pas, n'est-ce pas ?

– Et toi, tu m'inviteras au pays d'Alvénir ? Je suis si déçue de n'y avoir jamais mis les pieds… répondit Margarita.

– C'est normal, il ne te manquait rien, à toi… ou si peu… dit Ginger.

– Comment Margarita pourrait-elle t'oublier, chère Joy ? me dit Lady Bartropp en caressant mes cheveux. Tu es une jeune fille inoubliable. Tu as tant de qualités ! J'espère que tu viendras souvent au château. En attendant, regardez ça, les filles !

Elle ouvrit quatre grands sacs de voyage et en sortit de magnifiques robes, sous nos yeux émerveillés.

Lady Bartropp avait décidé que toutes les pensionnaires du manoir seraient ses demoiselles d'honneur. Elle avait pris nos mesures et nous apportait donc aujourd'hui des tenues féeriques cousues de tulle et de satin rose et blanc.

Jamais je n'avais vu tant de joie dans les yeux des filles. Même le visage de Louiséjessalyn s'éclaira d'une jolie lueur. Je passai des heures à admirer les roses en relief, grosses comme des petits pois, qui constellaient le tissu vaporeux du jupon. Combien d'heures de couture cela représentait-il ? Où Lady Bartropp avait-elle trouvé ces matières extraordinaires ? Je gardais en mémoire quelques souvenirs des boutiques où Maman m'avait emmenée parfois mais cela me semblait dans une autre vie. Ici, les belles tenues n'existaient que sur Lady Bartropp puisqu'elle était la seule femme bien habillée que nous fréquentions. Nous n'avions jamais eu l'occasion d'être coquettes. Nous valsions dans la cour, nous faisions tourner nos robes comme des soleils, nous étions si fières, nous nous sentions si belles. Margarita accepta même de porter une robe qui découvrait ses mollets et ses clavicules.

Le jour du mariage ressembla pour nous à la fin d'un conte de fées. La traîne de la mariée mesurait plus de vingt mètres et nous avions toutes le droit d'en tenir les bords. Un vieux monsieur conduisit Aglaé vers l'autel. Il s'agissait de son majordome. Elle avait souhaité que l'homme qui s'était occupé d'elle depuis sa plus tendre enfance remplace son père à l'église. Comme j'étais l'une des dernières à tenir la traîne, j'entendis une vieille dame maugréer au fond de l'abbatiale :

— On aura tout vu ! Elle se marie avec un jardinier et c'est son majordome qui la conduit à l'autel… Les traditions et les convenances se perdent… Et après on s'étonne que le monde aille mal.

— En tout cas, la bêtise, elle, ne se perd pas ! lui glissa Margarita tout bas.

Le père Phildamon officia. Il dit :

— Dawson Von Straten, voulez-vous prendre pour épouse Aglaé Bartropp ?

À cet instant, Margarita ne put retenir un cri de surprise. Dawson lui avait donc donné son nom. Margarita n'avait jamais été orpheline puisque son père l'avait reconnue dès sa naissance et puisqu'il ne l'avait jamais quittée depuis. Mais l'essentiel était-il ce que nous pensions être ou ce qui était vraiment ?

Vous lirez la suite de cette histoire dans le tome 2
des Orphelines d'Abbey Road :

Le monde d'Alvénir

Du même auteur à *l'école des loisirs*

Collection NEUF
Le paradis d'en bas (tomes 1, 2 et 3)
Le poisson qui souriait
J'ai eu des ailes
Le petit prince noir et les 1 213 moutons
Réservé à ceux
Mon sorcier bien-aimé
Mauvais élève
Les zinzins de l'assiette
La question qui tue

Collection MÉDIUM
L'autre
La question des Mughdis
Les aventures d'Olsen Petersen
tome 1. *Neuf*
tome 2. *J'ai été vieux*
tome 3. *Mais où étiez-vous, Petersen ?*
Puisque nous sommes toi
C'est l'aventure ! (recueil de nouvelles collectif)
Il était une fois dans l'Est

www.audren.com

www.lesorphelinesdabbeyroad.com

R.M. Leduc & Cie

AVR. 2013